서울은 많은 이야기가 있는,
상상력이 풍부한 신화로 탄생한 도시다.
그래서 오래된 이야기뿐만 아니라 현대의 새로운 이야기도
많이 만들어낼 수 있다.

-르 클레지오(2008년 노벨문학상 수상 작가)

seestarbooks 019

# 서울특별詩
## -서울 사용설명서

홍찬선 제10시집

스타북스

가을에는 시인이 되자
풀벌레 귀뚜라미 세레나데에
며느리 얼굴 고추잠자리처럼 붉히고
한가위 보름달 두둥실 두리둥실
노란 국화 쿠린 은행과 사귀는 속에

겨울에도 시인이 되자
새하얀 고드름에 시래기 삭히고
모진 눈보라에도 씨종자 굳게 지키며
꽉 찬 사랑 들꽃으로 흐드러지게 피는
봄에는 젊음의 시를 쓰자

코로나 속에서도 아이는 태어나고
거센 비바람에도 어둠이 물러가듯
사는 게 힘들고 어려울수록
천 길 낭떠러지에서 한 발 내딛는 용기로
여름에도 믿음의 시를 노래하자

봄 여름 가을 겨울 가리지 말고
따뜻한 마음 푸근한 살림 전하는
사시사철 시인이 되자
거짓과 탐욕에 휘둘리는 가짜가 아니라
참과 양심에 우러나는 진짜 시인이 되자

가을에는 모두 시인입니다. 가을뿐만 아니라 봄 여름 겨울에도 시인은 시를 씁니다. 아름다운 가을이 아쉽지 않도록 멋진 추억을 만들어, 다가오는 봄을 준비해야 합니다. 시처럼 따뜻한 삶을 가꿔가려고 열 번째 시집 『서울특별詩』를 냅니다. 이 시집은 말하자면 '서울사용설명서'인 셈입니다. 문득 부는 찬바람에 정신 차립니다. 코로나가 사라질 날이 멀지 않았음을 믿습니다.

4354년 한글날을 보내면서
如心 홍찬선

contents

## 제1부, 기쁨을 찾아

## 제2부, 삶의 향기를 타고

## 제3부, 그날 이곳에선

## 제4부, 아픔을 스승 삼아

# 발시

발품 팔아야 보고
몸품 팔아야 맛본다

시는 머리로 생각하는 것도
시는 손으로 쓰는 것도
아니다
시는 발로 줍는 것,

한성백제 사람들과 조선 대한제국 인들이
사랑을 속삭이며 보았을 초승달 보름달을
개밥바라기별과 인수봉 백운대 만경대를
해돋이 해넘이 맞는 목멱산 인왕산에서
발갛게 물든 눈으로 노을 되어 들었다

길은 삶이고 삶은 길이다
소나기 폭격에도 길은 살아남고
홍수 휩쓴 뒤에도 길은 움 튼다
길이 남아 폐허 속에서 꿈을 꾸고
길이 있어 절망 딛고서 일어선다

길에서 삶의 씨를 뿌린다

길 잃으면 삶이 멎는다

길에 시가 알콩달콩 산다

길에 살림이 알뜰살뜰 선다

길에서 시는 시인과 하나 된다


오늘도 시를 주우러

신발 끈을 맨다

막걸리 한 병 배낭에 넣고…

제1부

# 기쁨을 찾아

# 서울광장

서울광장에는 삶이 있다
넓쩍한 대청마루에 두둥실 떠오른
파란 보름달을 맛보며 어슬렁거리는
느긋한 자유로움으로
사랑의 삶이 퐁퐁 솟고

서울광장에는 문화가 숨 쉰다
121개 분수 사이로 아이들이 무더위를 식히고
하얀 스케이트장에선 추위를 뜨겁게 달구며
고향장터가 열리고 록, 드럼 페스티벌과
공연예술제를 즐기는 문화가 꽃 피어

서울광장에는 역사가 살아 있다
고종이 대안문大安門 앞에 만든 도로와 광장이
3.1대한독립만세운동과 6.10민주항쟁으로
2002 월드컵 붉은악마 응원함성으로 이어져
배달겨레를 한 마음으로 만든 역사가 서리고

서울광장은 미래를 꿈꾼다
자동차에게 교통광장으로 내주고
사람은 땅 밑으로만 다니던 비정상을
정상으로 되돌려 문화와 역사가 어우러지고
삶이 아름다워지는 멋진 미래가 다가온다

# 어린이대공원

바람 닮은 비움이 참 좋다
파란 하늘 배워 푸르디푸른
어린이들이 잔디밭과 벗으로 하나 되어

맘껏 뛰고 냅다 공도 차고
방글방글 비눗방울 총을 쏜다
참새는 짹짹 덩달아 즐겁고
까치는 짝짝 추임새로 합창한다
코로나도 슬금슬금 옆으로 비켜서고

영친왕은 이렇게 될 줄 알았을까
유강원 있던 이곳에 골프장 만들었을 때
박정희 대통령 기다려 어린이대공원
만들어질 것, 오십년 백년은 헛되지 않았다

이곳은 잃었던 동심 되찾는 거울,
어린이들 몸 닦고 맘 키우는 허파,
방정환도 상상 못한 아름드리 꿈이 현실이 됐다

# 하늘공원

하늘 오르는 데는
계단 이백 아흔 하나면 된다
종아리 좀 뻐근하고 땀 몇 방울 뚝 뚝 떨어지고
가슴 벅차 헐떡이는 그런 노력이면 충분하다

빨리 빨리에 낚인 사람들이여
뒷짐 지고 하늘공원 올라 보라
탁 트인 하늘 바람이 살랑인다
꽃이 꼬드기고 새가 노래한다
사람이 춤춘다
기적이다

쓰레기로 샛강을 막고
하늘 닿을 듯 높은 산 쌓았다
억새는 억세게 운이 좋았다
시골이라면 쇠죽 가마솥에 들어갔을
운명 딛고 하늘 닮은 청춘 뽐낸다

생선生禪이다 죽은 게 아니라 살아 있는
활선活禪이다 고정되지 않고 팔딱거리는

생활선生活禪이다

비어 있었다는 것은 축복이다
버려서 오를 수 있는 하늘
버릴 수 있음에 다가오는 꿈
하늘 꿈 가는 데는
계단 이백 아흔 하나면 거뜬하다

# 세 빛 섬

명물은 논란을 시간으로 잠재우고
멋진 유산으로 아름다운 벗으로 거듭난다


경운궁 석조전이 그랬고
베이징 이화원이 그랬고
고려 팔만대장경이 그랬듯


하늘이 얼굴을 발갛게 붉혔다
코로나로 두 번째 봄마저 도둑맞는 것 보고도
노오랑 평지가 제대로 펴지 못한 채 평지 되는 것
막을 수 없는 것이 부끄럽다는 듯


가빛 채빛 솔빛의 세 빛은
한가람에 둥둥 떠 발개진 서천西天을
한 걸음 더 가까이에서
한껏 더 부푼 가슴으로 맞이한다
연인끼리 가족끼리 때론 혼자서


빨갛게 식은 불덩이가
가슴으로 풍덩 빠져들고

눈에 들어오지 않는 모습도
카메라가 은근히 잡아주는 저녁


바람은 미세먼지를 연에 날려 보내고
달님은 고맙다고 파란 병에 하얀 미소로 답한다
사람은 어둠이 다가옴을 즐기고


속절없이 마셔댄 막걸리로 발개진
얼굴이 함께 하지 못해 더 붉어졌다

# 양재천

양재천은 만능의사다
온갖 아픈 것 모두 고쳐준다
엄마 약손 되어 상큼하게 씻어준다

나는 아플 때마다 양재천에 간다
머리가 무겁고 온몸이 찌뿌둥하면 달린다
왼손에서 팔 어깨까지 찌릿 찌릿하면 걷는다
시가 고프거나 칼럼이 막히면 중얼거린다
새와 나무와 바람과 구름 벗들과 얘기한다

봄에는 별꽃 엉겅퀴 벚꽃으로
여름엔 시원한 매미 녹음으로
가을엔 울긋불긋 수채화로
겨울엔 배달겨레 백설기로

지친 어깨 토닥여 준다
길 잃어 헤맬 때마다 딱 맞는 길 찾아 준다
코끝에서 알짱거리던 고뿔이 놀라서 달아난다
똥꼬에 나려던 꼬무락지도 시들시들 사라졌다
오늘도 나는 양재천 밤길 걷고 달리고 대화한다

# 서울 숲

서울 숲은 억울하다
정말 좋은데 말로 나타내기 어렵게 좋은데
소중하다는 것을 알아주지 않는다

서울 숲은 억울해도 파업하지 않는다
사람들의 화딱지와 자동차 배기가스와
포도鋪道와 콘크리트 아파트가 뿜어내는
열기로 나날이 뜨거워가는 도시를
쉬지 않고 땀 뻘뻘 흘리며 식힌다

서울 숲은 외롭지 않다
왕 벚꽃이 피고 고라니가 뛰놀고
말매미가 노래하고 귀뚜라미가 자장가 부른다
정성 듬뿍 넣은 두부초밥이 사르르 녹고

서울 숲은 엄마 품이다
왕의 사냥터에서 유원지에서 경마장 거쳐
힘든 사람들에게 기댈 언덕 넉넉하게 내준다

서울 숲은 하소연 않는 군자다
가까우니까 언제든 갈 수 있으니까
늘 뒤로 밀려도 볼멘소리 없이
봄 여름 가을 겨울
멋진 모습 홀로 만들고 홀로 즐긴다

# 뚝도시장

민어가 다시 뚝도시장에 왔다
한가위와 국군의 날과 노인의 날 지나
광화문 광장 가지 못하게 한
무시무시한 차벽車壁에 가슴 떨린 개천절에

사람 사는 게 궁금해
칠산 앞바다 푸른 물살 헤치고
탐험 왔다 살신성인한 약사여래처럼

나 죽는 것 하나도 두렵지 않아
내 몸 영양 삼아 코로나 이겨낼
몸과 마음 힘 기를 사람에게
통통히 오른 내 살 필요한 백성에게
기꺼이 배와 가슴 활짝 열고 내놓았다

좋은 것은 거짓된 위험
진짜보다 훨씬 부풀어진 위험
이겨 내는 사람만이 즐길 수 있는 것
잡초 같은 의심 떨친 사람이 얻는 것

나 웃으면서 박용남 사장에게
그대의 소주 안주로 곁들이니
빼지 마시고
나는 못한다 하지 마시고

폭풍 흡입해 코로나 물리치라고
지난 삼월에 왔던 민어가
이백 일만에 다시 뚝도시장에 왔다

# 청계천

물이 흐르고 시간이 달려도
사람은 기억 속에서 뒤척거린다

구불구불하던 물길 위한다며
반듯반듯 아프게 펼친 만큼
곁에 사는 사람들 마음도
둥긂에서 모남으로 바뀌었다

고추 내놓고 멱 감던 아이
남편인 듯 화풀이하듯 빨랫돌
힘 실어 내리치던 아낙네
닭둘기 뿌연 눈으로 사라졌다

오로지 보여주기 위해
멀쩡한 맑은 바람골내
질식사 시킨 양탈 쓴 야만
철부지 경제가 문화 삼켰다

돌고 돌아 다시 온 물 따라
붕어 송사리 메기 잉어 오고
백로 왜가리 해오리가 밥 찾아
물과 시간 거슬러 오른다

누에 잃은 뽕잎과 임자 없는 오디
호소하듯 혼자 피 쏟고 검게 귀지歸地한다

# 비밀의 정원

번잡에서 살짝만 벗어나면
집착에서 조금만 자유로우면
금세 가을이 겨울과 밀회하는
비밀정원에 살포시 들어선다

모래 벌에 쌀쌀한 북풍한설
몰아치던 때 마포종점에서
마음 졸이며 이마에 손 얹고
시린 발 종종거리던 곳

밀어붙인 사람과
밀어붙임을 당한 사람들이
아등바등 싸움하던 것
범 담배 먹던 일이 되고

철부지 귀뚜라미 사랑가 부르고
꽃바람 불던 봄과 단풍 비 흐드러지는
가을을 반성하며 개밥바라기별 보는데
앰뷸런스가 위험한 비명 지르며 달아난다

# 인사동

인사동의 시간은
들쭉날쭉 흐른다
별 볼 일 있는 사람은 느긋하게
별 볼 일 없는 사람은 종종걸음으로
아인슈타인에 앞서 걷는다

인사동의 나이는
제 멋대로 먹는다
삶 맛 아는 사람은 맛갈스럽게
삶 맛 모르는 놈은 퍽퍽하게
갈지자 맘대로 오고간다

올 때마다 다른 모습 보이는
인사동은 인생판,
어떤 극본을 짜는지
별 볼지 못 볼지
삶 맛 알지 모를지

그 사람이 그리는 대로
숨김없이 보여준다
빠짐없이 드러낸다

# 인왕산 부부나무

사랑이 그리웠던 것이다
일제강점기의 그 험난한 세월
아린 가슴 부여안고
끊이지 않는 눈물로 지새우는 동안
정이 사무쳤던 것이다

따듯한 품이 필요했던 것이다
부모형제가 서로의 가슴에 총부리 겨누던
동족상잔의 비극을 소리 죽이고 바라보며
그 길고 길었던 낮과 밤 살아남기 위해
덜덜거리는 가슴 달래 줄 그님을 원했던 것이다

열린 마음이 절실했던 것이다
코로나로 광장이 막히고
감염확산이 무섭다고 식당을 닫게 하고
뚫림이 두려워 입마저 꽁꽁 가린
불통의 시대에 말 나눌 그대를 기다린 것이다

인왕산 정상에서 윤동주문학관 가는 길에서
문득 마주친 그대, 부부소나무가
정과 사랑과 품과 마음이 너무도 사무쳐
뻗은 발 몸으로 받아 하나가 되어
쌓인 한 풀어내려 해결사 부부로 거듭난 것이다

# 어린이와 방정환

어린이는 얼을 인
새로운 사람

얼이 얼어 딱딱하게 굳은 이가
삼십 사십년 뒤져 낡은 어른이
내리누르고 잡아끌지 마라

어른이 어린이 위하고 떠받치고 뒤를 이어야
새로워져 밝은 데로 나아가서
무덤을 피할 수 있으니

이 세상에서 가장 먼저
어린이날 만들어
일제강점기 어둠 속에서도
꿈을 싹틔우고 희망을 키웠던
소파小波 방정환이

서울 경운동 세계어린이운동발상지에서
못다 한 얘기 쓸쓸하게 풀어놓는다

귀 기울이는 사람 드물어
가을바람에 쓸리는 낙엽의 서걱거림이
울림 되는 흥선대원군 운현궁 건너에서

어린이는 새로운 사람
얼을 인 이라고

어른은 딱딱하게 굳은
얼이 언 사람이라고

# 잠수교에 부는 바람

잠수교에서 바람은 제멋대로 분다
오늘은 왼쪽에서 오른쪽으로
내일은 서쪽에서 동쪽으로
맘이 바뀌면 남에서 북으로
정해진 풍로風路 없이 자유롭게 오간다

바람이 달라도 가는 곳은 하나다
함께 노래하며 잘 사는 곳
겉과 속이 다르지 않고 거짓이 없는 곳

잠수교는 사람 냄새가 물씬 풍긴다
사람은 왼쪽으로 걸어서 오가고
자전거는 가운데서 바람을 가르고
자동차는 오른쪽에서 빠름을 뽐내지 않는다
가끔 큰물이 질투할 정도로 멋지게 어울린다

걸어보세요
밤 9시 넘어 막걸리 한 잔 벗 삼아
진득하게 다가오는 삶이 보일 거여요
바람 물 빛 사랑이 비빔밥 되어
아픔과 코로나가 슬그머니 비껴가더군요

그저 사십 분만 내면 됩니다
문득 넉넉한 바람 벗이 다가오니까요

# 박치기 대왕 김일의 공간

시간은 공간만큼 선뜻 다가서지 못하고
가까스로 표정만 알아챌 수 있을 정도로
멀리 떨어져 아쉬운 손짓만 하고 있다
어울리기 힘 드는 한숨 가득 안고
동동거리는 연인을 닮았을까

한양도성 광희문 남쪽 목멱산 동쪽
이곳은 어영청의 남소영이 있던 자리
고종 때 건립한 장충단獎忠壇을
일제가 훼손해 장충단공원 만들고
이등박문을 위한 박문사 세웠던 곳

역사는 물 흐르듯 기억을 넘었고
한국의 첫 실내체육관인 이곳은
김기수가 한국인 처음 세계챔피언이 된 곳
김일이 박치기로 이노키를 제압하던 곳
태권도 금메달로 88올림픽 뿌듯하게 만들었던 곳

김정수 최종완이 설계하고 삼부토건이 건설했는데
필리핀 자금과 기술로 지어졌다는 가짜뉴스가 나도는 건
박정희 최규하 전두환 체육관대통령이 선출되어서일까
과거는 옛 건물과 함께 사진과 추억으로만 남고
강소휘 팬인 큰아들은 배구경기장으로만 기억한다

# 반포주공3단지

지하철 7호선 반포역 1번 출구 나와
빌딩숲으로 바뀐 반포자이를 걷는데
문득 그대 얼굴이 떠오르더군

이제는 잊었겠지 하고
마음 놓고 생각까지 접은 채 있으면
그 틈 놓치지 않고 불쑥불쑥 들이미는 그대

그대는 아마도 뱀이었을까
겨울잠 자는 동안에도 쉬지 않고
깬 뒤에 살아갈 길 찾아 밝게 터득한
예쁘고 슬기로운 화사花蛇,

그대가 떠난 뒤
이곳 반포주공3단지는 이름을 잃었고
시간의 불가역성에 치명적으로 오염된
공간도 레떼의 강을 건넜는데

문득이라는 영원불사하는 해독제는
곳과 때를 가리지 않고 저 좋아하는

꼬투리 있을 때마다 죽었던 기억을 되살린다

고속버스터미널에서 289번 시내버스를 내려
크고 빨라지는 맥박을 애써 달래며 다가갔을 때
다음에 하자며 내 이마에 닿았던 그대의 검지가
홍두깨 되어 퍼뜩, 문득을 벼락처럼 깨우더군

# 회현시범아파트

기억은 곡선으로 흐른다
불쑥불쑥 소환되는 추억에 따라
뜻하지 않은 때 생각지 않은 곳에서
문득 잔잔한 미소로 삶을 따듯하게 한다

꼭 삼십 년 전 일이었다
약한 술을 깡으로 들이켠 입사동기
여기자를 업고 언덕배기를 헉헉대며 걸어 올랐던 것은

사람은 가도 건물은 그대로였다
오십일 년 세월의 때가 역사로 바뀌었고
기억은 믿을 수 없어도 콘크리트는 시범으로 서 있었다

와우아파트의 수치를 말끔히 씻어내고
본때를 보여주려고 튼튼하게 지은 덕분인지
그날 영하였을 겨울밤의 싸늘함은 감각에 없어도

코로나의 심술인지 사람들 대부분 떠나고
엘리베이터가 없어도 구름다리 벗 삼아
셋이 하나 되었던 시범아파트는
예술가와 청년사업가를 위한 공간으로
거듭날 준비를 하고 있다

# 서촌 대오서점

시간은 사연 따라 흐르고
공간은 추억 따라 멈춘다


장희빈 숙빈최씨 유빈박씨 등
일곱 분의 위패가 모셔져 있는
육상궁毓祥宮과 통인시장을 다니며
지친 발걸음을 아메리카노로 달래는 동안


공간은 같아도 시간이 다르고
시간이 흐르며 공간도 늙어갔음을
니들이 달고나 맛을 알아?
라는 돌발 질문으로 진하게 느끼며


6.25전쟁 통에
조대식의 대와 권오남의 오를 따서
대오라는 이름으로 문을 연 대오서점에선
서울에서 가장 오래된 서점이란 역사에 걸맞게
시간이 멈추고 공간이 흐른다

# 학림다방

공간은 추억 따라 휘어지고
시간은 마음결 따라 울퉁불퉁하게 흐른다

지금은 저 하늘 어딘가에 계실
임원택 선생님과 한두 번 쯤 왔을 이곳은
발걸음에 삐거덕거리며 앙살하는
나무 계단이 소리로 세월을 세고 있다

아부지와 엄마가 서울대학교병원에 입원했을 동안과
원정元貞이 재학하고 간호사로 일하고 있을 동안과
연극을 보고 주역과 중용 배우러 열심히 다닐 동안에
그렇게 많이 지나치면서 가끔 덧없는 눈길만 주었을 뿐

지하철 4호선 혜화역 3번 출구 뒤편
명륜동4가 94-2번지, 대학로 119번지에
배움 숲 찻집 학림다방은
환갑을 벌써 지내고 고희가 가깝도록
그 모습 그대로 지키고 서 있는데

천상병 시인이 막걸리에 시를 타고

송강호와 설경구가 연극 포스터 붙이고
별에서 온 그대가 1박2일 동안 장기를 두고
빽빽한 LP판만큼 사연이 깃들여 있는데

길 건너에서 민주를 아파하고
사랑을 노래하던 그 사람들이 모두 떠나고
김상옥 의사만 마로니에공원 지키고 있음인지

커피 향 타고 흐르는 시간은
추억 마디마다 공간처럼 휘어지고
삶이란 공책에 오늘의 숙제를 적는다

만나서 과거를 정리하고
만나서 현재를 즐기며
만나서 미래를 꿈꾼다

# 짚풀생활사박물관

봄맞이 하느라 바쁜 마음 살며시 내려놓고
새싹 새 꽃 올리느라고 바쁘게 핏대 올리는
애들에게 카메라로 말 걸며 시간여행을 하다
문득 발길은 오십년 전 뫼골로 들어섰다

짚은 집이었다
온갖 것 다 주는 넉넉한 엄마 맘 깃든 집
섬 신 공 새끼 금줄 멍석 새덫 삼태기 멱서리
망태기 가마니 등거리 달구지 달걀꾸러미….

벼는 쌀이 되어 귀하디귀한 식량을 주고
벼는 싹이 터 모가 됐다 볏짚이 되어
이엉 땔감 두엄 소먹이로 아낌없이 주었다
엄마는 매해 그 벼를 보고 그 맘 배웠을까

새벽 다섯 시면 아부지 새끼 꼬는 소리에
졸린 눈 비비며 일어났고
비 오는 여름날에는 엄마 아부지 나란히 앉아
가마니 짜는 소리를 들었다
엄마가 대나무 바늘로 볏짚을 먹이고

아부지가 바디로 세계 내리치자

타임머신이 깜짝 놀랐는지
혜화동 로터리 근처 명륜2가 8-4번지
짚신생활사박물관으로 돌려보냈다

신동엽 시인의 발자취를 찾아
인병선 시인을 만날까 했는데
혹시는 시간여행의 달콤함을 선사했다

# 미아리예술극장


세월은 진실을 가리는 마약인가
세월은 고통을 달래는 양약인가


되놈들이 쳐들어온 되너미고개는
비탈이 심해 밥을 다시 먹고 힘내야
넘을 수 있는 돈암현敦岩峴이 되었고
일제강점기 때 공동묘지가 만들어져
한 번 가면 못 돌아오는 눈물고개 됐다가
6.25 때 수많은 사람들이 두 손 묶여 끌려가
창자를 끊는 고통의 한恨고개로 변했다


그렇게 쌓인 눈물과
그렇게 맺힌 한을 풀 길이 없어
그렇게 많은 운명철학원이 생겼을까


탱크를 앞세우고 쳐들어오는 적군을
온몸에 수류탄을 감은 육탄으로 막았던
되너미고개는 깎이고 넓혀져
옛 모습은 상상 속에서도 없고

미아리고개 구름다리 아래에
미아리고개예술극장이 석굴처럼 자리 잡고
지역 예술가와 주민들이 함께 어울린다

세월은 고통을 줄이고 진실도 알린다
한 많은 눈물고개가 예술극장이 되어….

# 국립중앙박물관

대한민국의 앞날이 궁금한 사람은
용산에 있는 국립중앙박물관에 가보세요

우리 것을 올바르게 알아야
새로운 것을 제대로 만들어 낼 수 있으니까요

사는 게 힘든 사람은 국립중앙박물관에서
김정희의 불이선란도를 찾아보세요

아홉 해 모진 유배생활의 화딱지를
추사체와 세한도로 승화시킨 은근과 끈기를 배울 수 있을 거예요

자연과 사회에는 대수大數의 법칙이 작용하듯
인생과 역사에는 장시長時의 법칙이 적용됩니다

이곳은 주한 미군이 주둔하고 있던 자리,
우리들 할아버지와 할아버지의 할아버지들이
남겨 놓은 삶의 자취에서 21세기를 개척하는 지혜를
방탄소년단의 토대를 흠뻑 숨 쉴 수 있어요

이건희 회장이 평생 수집해 기증한
소중한 문화 숨결도 함께 누리는 보너스도 받는답니다

# 천호동 동명대장간

세월이 바뀌어도
삶과 사람이 그냥 변하는 건 아니다

벌겋게 달궈지고
불똥 튀게 두들겨 맞고
차디찬 물세례를 견뎌내야 겨우
단단하고 제법 쓸모 있게 바뀐다

우물쭈물 쭈뼛쭈뼛 기웃거리는데
모루 위에서 망치에 맞으며 벌건
불똥을 싸는 빨간 쇳덩이가 묻는다

이렇게 뜨거워 본 적이 있느냐고
손에 못 박히고 구릿빛 얼굴 되었었냐고
팔뚝에 주먹만한 알통 키워봤냐고

얼굴만 빨개지며 말을 못하자
발갛게 익은 얼굴이 지긋이
문을 가리킨다

쇠 요리 하는 불똥 튀면 위험하다며
조금 더 뜨겁게 살아본 뒤 오라며
세월이 흐른다고 삶을 아는 건 아니라며

# 1조 달러 탑

흔들리는 한국의 오늘과
앞날이 옐대야 같다면
삼성동 무역센터 앞의
교역 1조 달러 탑에 가 보라

사천리 금수강산과
역사 만들어 온 배달민족 빼곤
이렇다 할 산업혁명 시대의 자원이
모자라는 한계를 이겨내려

닫힌 문 활짝 열고
저 넓은 세계로 나아가
살 길 찾아야 하는 절박함
가슴에 듬뿍 담고 머리에 또 담아

서독으로 베트남으로
열사의 땅을 가리지 않고
오로지 배고픈 자식들 잘 살리기 위해
동서남북 춘하추동 쉬지 않았던 때

그날의 아픔 모른다고 탓하지 말고

그날에 뭐 했느냐고 손가락질 말고

쓸개는 떼어놓되 심장은 펄떡 뛰도록

1조 달러 탑 광장에 가서 새김질 해 보자


우리는 아버지 때보다 나아가고 있는지를

아들딸들이 우리보다 행복하게 살 수 있을지를

구멍 난 조각배 타고 세월 위에 머물러 있는지를….

# 시시해진 지하철

지하철이 시시視詩해졌다
가야 하는 곳까지 어김없이
데려다 주는 시민의 발이
아스팔트와 콘크리트에 지친
시민을 보듬는 가슴이 되었다

시시時詩로 맞이하는 지하철은 엄마 품,
일과에 파김치 된 몸과 마음 달래주고
시시詩詩로 시작하는 지하철은 그이의 밀어,
못 다 이룬 새벽꿈을 달콤하게 이어준다

교과서에서 본 시가 반갑고
내 친구가 쓴 시에 눈이 커지며
사는 게 시라는 것
시는 살아있음이라는 것
알려줌에 살포시 미소 짓는다

시시視詩한 일상이 즐거움이라는 것
시시時詩한 지하철이 행복이라는 것
시시詩詩가 닫히고 막힌 지하철을
함께 느끼는 공감 광장으로 활짝 열었다

# 판사는 서울에 있다

판사는 서울에 있고
정의는 법원에서 산다

서울의 판사가 시비是非를 가렸다
지성이 편싸움의 수단으로 전락해
옳고 그름을 내팽겨 버리고 오로지
내편 보호를 위해 악용하던 파렴치와
뻔뻔스러움을 판사가 단죄했다

평등한 기회 공정한 과정 정의로운 결과를
믿고 성실하게 노력한 사람들에게 허탈감과
실망감을 안긴 부정한 결과가 옳지 못했다는 것
글렀다는 것을 용기 있게 밝고 밝게 밝혔다

달면 어제 했던 나쁜 말도 꿀꺽 삼키고
쓰면 그제 쏟아놓았던 찬사도 부정하는
잘못과 그름을 법의 이름으로 바로 잡았다

판사는 확실히 서울에 있다
판사가 서울에 있어 정의가 선다

제2부

삶의 향기를 타고

# 중림시장

시간은 왼쪽과 오른쪽이 다르게 흘렀다
생선 비릿 내는 세월 따라 사람처럼 멀어졌어도
그때 건물은 얼굴만 살짝 바꾼 채
그때 그대로라고 앙살하며 서 있다

시간이 흘러도 기억은 잠자고
공간이 바뀌어도 추억은 산다
살아있으면 언제 어디서든 다시
만나는 인연의 끈은 가늘고도 질기다

까맣게 잊었던 얼굴이 그곳에 가니 화들짝 피어난다
삼십여 년 전 자주 다니던 닭칼집 차○○ 사장님
한 두 마디에 저 깊숙이 죽은 듯 쌓여 있던
역사가 새벽 강 안개 피어나듯 새록새록 솟는다
그때 밥값 내시던 김○○ 부장은
뭐가 그리 급한 지 서둘러 저 세상으로 떠나고

시간은 직선이 아니라 곡선으로 흐른다
공간도 시간 닮아 제멋대로 오락가락이다
사람 팔자가 울퉁불퉁 꼬불꼬불이듯

문득 새로운 길 얻었다

그만큼 살아갈 거리도 넓어졌다

길 얻었으니 행복한 각자라고 해도

각자는 각자라는 게 아프다


한국경제신문 정문 왼쪽에서

언제까지나 이어질 듯 튕기던

해원각은 해 뜨자 마르는 이슬이 되고

함께 고스톱 치던 장수족발 아줌마는

오늘은 어디서 무엇을 할까

# 낙원상가

뒤집어 생각하면 길이 생긴다
낙원시장을 지나 남산에 터널 뚫어
한남대교로 이어지는 큰 길 만들어라
상인들이 장사하면서 살 곳도 마련하라

막무가내로 얽힌 실타래가 풀렸다
도로 위에 주상복합건물을 지어라
쉰 살 넘었다고 눈 흘기지 마라
시야 가린다고 손가락질 하지 마라

그때보다 더 꼬이고 어려운 부동산대책
출구 마련할 실마리 찾을 수 있다
머리를 열어라
가슴을 데워라
길을 길 위에서 찾아라

# 세운상가

세운상가에선
전설의 법칙이 다르다

〈Since 1968〉
오래 됐다는 건
53년 동안 한 곳에서 한 우물만 팠다는 건
허물 벗고 훨훨 날아가는 나비 못됐다는 것

세계의 기운이 모두 이곳으로 모이라는
염원의 유통기간은 10년도 되지 못했다

잘못은 내게 있었다
정부를 철석같이 믿은 내가
다들 강남으로 용산으로 떠날 때도
다시 살아날 것이라고 고집부린
내가 죽일 놈이었다

스마트 홈, 시스템 비디오, 도어폰
CCTV 시스템이라고 적힌 간판이
정신 나간 사람 풀어헤친 머리처럼
어지러운 케이블과 함께 울고 있다

갑자기 치솟은 수은주에
철지난 에어컨이 앙살하고 있다
세운상가에선 레전드 법칙이 다르다

# 삼일문

문은 안과 밖을 이어주는 살림의 조화
벽은 밖과 안을 틀어막는 죽음의 폭력

삼일문이 굳게 닫혀 있었다
다람쥐 쳇바퀴처럼 돌아가는
시계불알처럼 건조하게 조여진
삶의 긴장을 잠시 풀어놓고

그날 그님들 생각하며 살아갈 힘
다시 얻는 생명소* 되던 탑골공원 삼일문은
코로나 핑계 대며 싸늘하게 죽음의 문이 되어 있었다

기미년 3월1일 바로 그날
폭력 앞에 비굴했던 태화관을 기다리지 않고
오로지 나라사랑과 국권회복의 한 뜻으로
태극기 움켜쥐고 일제의 폭력을 깨부수기 위해
온몸으로 저항했던 살림의 문,
삼일문은 벽이 되어 있었다

삼일문이 벽으로 남으면 죽음
삼일문이 열려야 살림으로 난다

# 서울약령시장

좋은 건 코가 먼저 알았다
제기동역 내리라는 안내방송 나오기 앞서
식곤증 후다닥 날려버리는 내음 후~우~욱
코에서 눈으로 귀 거쳐 온 몸으로 퍼졌다

코흘리개 때 소아마비 바이러스 공격받고
아부지 자전거 뒷자리에 매달려 엉덩이 다
부르트도록 이십리 달려 간 천안 큰 잿배기
명제한의원에서 맡았던 그 푸근했던 내음

빽빽하게 발길 주춤거리게 하는 좌판은
넉넉함이었다 코로나를 멀리 쫓아냈다
펄펄 뛰는 살아있음에 사람과 사람 사이
도둑질해 간 못된 놈 젊잖게 사로잡았다

뫼와 들에서 하늘 신기 받은 약초 향기는
핏대 올린 사람 누그러뜨린다 행복을 준다
내음은 살아있음을 보여주는 신표다
좋은 건 코가 먼저 파발마 띄웠다

# 컵밥거리

문득 산뜻하게 띄었다
노량진 역 건너편 공무원시험 학원 몰려 있는 곳
찻길에 담장을 둘러 사람 길 아늑하게 만들었다

식당서 혼밥하기 쑥스러운 공시생들
일하다 밥 때 놓쳐 바삐 먹어야 하는 회사원들
볼거리 찾으러 어슬렁거리는 서울 유람객들
편하게 눈치 보지 않고 가성비 좋은
별식으로 하루 살아감이 행복하다

뜨겁게 달궈 잠 못 이루는 열대야를
뻥 뻥 뻥 날려버리는 쿨링포그 안개비가
엘이디 불빛 타고 나부낀다, 꿈나라처럼
시간이 숨죽이고 살금살금 흐른다

별안간 떠오르는 물음 둘
노점상은 어떻게 됐을까
말끔한 건물이 사람 냄새 품을까

# 집안아부

이공삼공 젊은이들이 화딱지 났다
집값안정책이 아파트 값 부채질하는
집안아부에 울화통을 터뜨린다

부린이와 청포족으로는 이번 생에서
집 사기는 망했다, 이생집망이다
포기하려다 할 수 있는 건 모두
영혼까지 끌어들인다는 영끌

정부대책이 나올 때마다 들썩이는
집값을 더 오르기 전에 잡으려는
안간힘이다 삶을 옥죄는 멍에다

빈대 잡으려다 초가삼간 다 태운다
영끌 이생집망 집안아부에 젊은이가 끓는다

# 472번 버스

아주 오랜만에 너를 찾았다
을지로 입구역에서 지하철 막차 끊어지고
허겁지겁 탄 때를 빼곤 서먹서먹했을 너를
코로나로 발길 묶인 경자년 성탄절 아침에
사람을 만날 수 없으니 역사와 마주하면서
하소연 한 사발 쏟아 부으러 가면서

모처럼 땅 위를 달리며
두더지처럼 땅 속으로만 헤매던
왼 가슴에 그분의 축복 맞이하고 싶어
휑한 포도鋪道를 더듬었다

그 많던 수다는 어디로 갔을까
햇살은 여전히 따듯하게 내리쬐는 데
코로나보다 더 빠르게 불어난
불신과 증오에 살림이 무너지고 있었다

압구정동을 지날 때도
한남대교 전망카페를 지나칠 때도
명동성당 앞에서 내려 영락교회 건널 때도
손님은 없고 주인만 서성이며
나날이 늘어가는 빈 가게를 바라보는
퀭한 눈동자와 눈동자 사이에서도

# 마로니에공원

노랗던 은행잎이 다 귀지歸地하고
빨갛게 단장했던 느티나무 잎사귀도
갑자기 떠난 벗들처럼 허전한 대학로
마로니에공원의 초겨울 한 구석을
김상옥 동상이 찬바람에 떨고 있다

얼굴은 언제나 늘 그렇듯
너그러운 웃음 지긋이 피우고
두 손 등 뒤로 모아 어깨 쭉 펴
왜놈 쓰러뜨렸던 기상처럼 바지 날 세웠어도
김상옥 의사는 그때처럼 외롭다

우리 겨레 괴롭히는 왜놈들의 심장부
종로경찰서에 경천동지할 폭탄을 던지고
악독한 왜놈 경찰 천명을 상대로
일 대 천의 시가전을 벌이다
마지막 남은 한발로 자결했던

김상옥 의사는 아프다
내가 왜 여기 이렇게 버티고 서 있는지
알려고도 하지 않고 땅만 보고 종종거리는
사람들이 잎사귀 모두 떨어내고 겨울 준비하는
나무들보다 더 아파 외로움에 흐느낀다

# 사도세자 회화나무


그대는 사도세자의 절규를

그해 여름 뒤주에 갇혀 내지른 비명을

온몸으로 증거 하려고

줄기 속을 텅텅 비우고

옆으로 옆으로만 기듯 땅과 벗하며 자라고 있는


그대의 천성은

은행 느티 팽처럼 하늘 향해

쭉쭉 빵빵하게 크는 것인데

서산 해미읍성과 인천 신현동과

창덕궁 돈화문 근처의 그것과 달리

학자다운 기상이 온데간데 없어진 채


창경궁 홍화弘化문 옆 선인宣仁문 안뜰에서

이백오십팔 년 전 그날의 일을

을씨년스러운 차가움으로 뿜어내며

코로나 시대를 살아가는 사람들에게

힘만 믿고 설치는 무품격을 경계하고

멈춤의 미학을 안타깝게 가르치는

눈물조차 얼어붙은 그대여

# 윤○○미용실

윤○○미용실 사장의 한숨이
오늘도 깊고 길게 늘어졌다
날마다 짧아지는 해와 엇박자 내며
날마다 늘어나는 주름이 또 생겼다고
이제 더 이상 버티기 어려울 것 같다고
혼잣말인 듯 하소연인 듯
머리 맡긴 귀로 바람처럼 스며들었다

머리 만진 지 이십오 년 동안
올해 같은 때는 없었다며
매월 백오십 만원 삯월세도 못 내고
보증금은 이미 다 까먹었다며
며칠 전 친정엄마 제사 때
일찍 돌아가신 엄마보다 내가 더 서러워
흐느꼈다는 말이 가슴을 후벼 팠다

코로나로 오고가는 사람이 줄어들고
결혼식이 줄줄이 연기되고 취소되면서
사람들이 외모에 무덤덤해지고
꾸미는 데 게을러졌는데도
문 닫는 미용실 옆에 미용실이 또 생긴다며
열아홉 살 때부터 바친 청춘이 아깝다고
너털웃음 지은 뒤 1년 만에 슬며시 문 닫았다

# 대한의원<sup>大韓醫院</sup>

서울대학교 병원 본관 앞에서
백열세 살인데도 쌩쌩한 젊음 자랑하는
멋진 붉은 벽돌 건물을 아십니까?


종로구 연건<sup>蓮建</sup>동 28-21
말머리 닮은 뫼 마두봉<sup>馬頭峰</sup> 언덕에
1908년 11월에 완공돼 문을 연
대한제국의 대한의원 본관입니다


동서남북 어디에서든 볼 수 있게
우뚝 솟은 시계탑, 뒤엔 7개 병동과 해부실,
지금의 의과대학인 의육부가 있었습니다
광제원<sup>廣濟院</sup> 적십자병원 경성의학부를
통합한 당대 최고의 국립의료기관이었지요


이곳은 창경궁 외원인 함춘원<sup>含春苑</sup>이 있었던 곳,
정조가 월근문<sup>月覲門</sup>을 새로 만들어 매월 초하루에
사도세자 사당인 경모궁<sup>敬慕宮</sup>을 참배하던 곳
지금은 서울대학병원과 서울대 의대 간호대 있지요

아플 때나 아픈 사람 찾아볼 때
서울대학교병원만 경황없이 다녀만 가지 마시고
이곳 대한의원 본관 찬찬히 꼭 둘러보세요
종두법의 지석영 초대 교장의 동상과
의학박물관이 따듯하게 맞아줄 거예요

관심 있는 만큼 보이고 본 만큼 안다잖아요
30년 전 거기서 데이트할 때가 부끄럽네요
대한의원이 있는지 상상조차 못했거든요

# 해방촌에 뜨는 해

오늘도 해방촌에는 달이 뜬다
해방의 고통을 안고 태어나서
해방의 꿈을 바라며 살아가는 곳

목멱산木覓山 남쪽 기슭 해방촌은
아픈 역사를 기쁜 미래로 만들어 간다

고려 때 원元과
조선 때 왜倭와
대한제국을 강탈한 일제와
6.25 전쟁 후 미국의 군대가 주둔했던 곳

해방 후 북한에서 내려온 사람들과
전쟁을 피해 온 피난민들과
농어촌 고향을 떠나 온 사람들이
사연을 벽돌 삼고 고통을 흙벽 삼아
비탈에 눈물로 일군 삶의 터전!

지금은 그 사람들 대부분 떠났고
해방촌교회와 보성여중고와 신흥시장이
그날의 사연을 말없음표로 이야기하고
108계단이 경성호국신사를 증거하고 있는 곳!

역사의 때를 벗고
젊은 예술문화의 옷을 입고 있는
해방촌에 오늘도 해가 발갛게 뜬다

# 윤동주 하숙집

오늘은 2월16일,
윤동주가 후쿠오카 감옥에서 순국한 날에
시인이 스물네 살 봄, 연희전문학교 다닐 때
달포 남짓 살았던 누상동 9번지의 하숙집을 찾아가 본다

우리은행 효자동지점 왼쪽 골목으로 들어서
이상李箱이 스무 해 동안 살았던 집을 들러
옛 물길을 덮어 만든 사람 찻길을 따라
수성동 계곡 거의 다다를 즈음, 왼쪽 담에
태극기가 그려진 다세대 주택이 바로 그곳

투르게네프의 언덕, 또 다른 고향을 쓰며
국가 밖의 국가인 북간도 명동마을에 있는
어머니를 사무치게 그리워하고
날로 미쳐가는 일제의 창씨개명과 징병 요청에
대한청년의 당당한 삶을 고민했던 곳,

시인은 수성동 계곡 물소리 들으며 치마바위에 올라
인왕산 미경美景을 빼앗고 강도처럼 솟아있는
윤덕영의 벽수산장을 피눈물로 내려 봤을 것이다
나라 팔아먹고 받은 은사금으로 지은 역적의 건물을
하숙집 주인 소설가 김송과 함께 이상을 떠올리며….

# 문학의집 서울

호젓함은
기억의 한계를 드러내는 아픔이다


서울시 중구 예장동 2-20
목멱산 북쪽 자락 숲속에
그림 같은 집이 다소곳이 앉아
코로나에 지친 손님을 맞고 있었다


시민과 문학인들이 만나
삶과 시와 소설을 얘기하며
따듯한 사랑을 꽃 피우는
문학의집 서울,


이곳을 찾는 사람들 머릿속에는
이미 중앙정보부장 공관이라는
학을 떼는 음습함이 자리하지 않았다
하야시곤스케林權助와 이토히로부미伊藤博文라는
치 떨리는 울분에 내 줄 가슴조차 없는 듯


저절로 오고 가는 바람을 이기지 못해

마지못해 노래하는 풍경風聲이라도 된 듯
잘 때도 눈 감지 못하고 뜨고 있어야 하는
물고기의 허위의식을 본받으려고나 하는 듯

시간은 쉴 새 없이 흐르고
공간도 흐름 따라 끊이지 않고 바뀌어도
호젓하다고 아픔이 사라지지는 않았다

# 동부구치소 코로나

그곳엔 왜 가려 하느냐고 물었다
왜 거기에 다녀왔느냐고 의아해 하기도 했다
문정동 법조타운과 가든파이브 옆에 있는
동부구치소는 또 붙은 공공의 적이란 딱지가 억울했다

지하철 8호선 문정역 3번 출구에서
걸어서 3분, 금방이었으나 멀기만 했다
벤처회사나 고층 아파트처럼 가까웠지만
심리적 사회적 거리는 다가갈수록 멀어졌다

텔레비전에서 그렇게 강조하던 마스크는
예산이 없다는 이유 같지 않은 이유로
지급되지 않았고 법무부의 오만과 방심은
바이러스가 쉽게 뚫고 들어가는 틈이 되었다

높은 담벼락과 무시무시한 철조망과
끔찍스러운 감시탑을 없앤 공간절약형
밀집 밀접 밀폐 삼밀공간은 사상누각이었다
코로나의 일격에 최첨단이 하루아침에 무너졌다

네 개 건물 팔백팔 개 방에
이천여 명을 수용하는 동부구치소에서
코로나 확진자가 1193명이나 쏟아졌고
몇몇 사람은 목숨까지 잃은 인권사각은
인재가 아니라 코로나 탓이라고 앙살 부렸다

# 테헤란로

없었다 테헤란로에
경자 신축년 보내고 맞이하는 정情이

보이지 않았다 외롭게 점멸하며
연말연시 알리는 나트륨등 속에
애틋함 나누는 사람 모습도

늦은 건 아니었다
겨우 밤 아홉 시
아직 초저녁인데

한 잔 술 아쉬워
또 한 술 그리워
돌아가는 발길
떨어지지 않는데

어쩔 수 없었다
코로나 벌금이 무서워
어여 나가라는 하소연에
코로나가 저만치서 설핏 비웃었다

# 서울에 온 베를린장벽

베를린장벽이 서울에 왔다
타임머신을 타고 시간여행 하며
아직도 철조망에 갇혀 허덕이는
철부지와 지진아들을 깨우치려
3.5×1.2×0.4미터의 육중한
몸뚱이 살살 달래며 날아왔다

콘크리트는 차갑게 말이 없었다
이쪽엔 생이별한 부모형제 만나고픈
염원과 하나 되는 희망이 쓰여 있고
저쪽엔 그저 아무 것도 남길 수 없었던
폭력을 고스란히 말없는 웅변으로 남겼다

베를린을 상징하는 파란 곰 양 허리에는
숭례문과 브란덴부르크 문을 향하는
시민들이 자유와 민주를 노래하고
백년 넘은 멋진 가로등이 어둠을 밝힌다

사람들은 잃은 꿈을 포기한 것인지
하늘대신 땅만 째려보며 오갈 뿐
제멋대로 날고 춤추고 노래할 수 있는
참새 까치들만 나무라듯 축제 벌인다

# 창덕궁 향나무

내 나이를 묻지 말거라
서울에서 나보다 많이 해와 달이 뜨고 지는 것
본 생명체는 없을 것인 듯
굳이 내 나이를 알아 무엇에 쓰려느냐

내가 살아오는 동안 무엇을 보고 듣고
어떻게 살아남았는지도 묻지 말거라

왕조가 자주 섰다 무너지고
전쟁과 가뭄과 홍수가 많이 나서
착한 백성들이 총칼에 죽고 굶어 죽고
물에 떠내려가 죽은 참상을 어찌
차마 말로 다 할 수 있겠느냐

물어도 왼고개 할 나에게 묻지 말고
나를 보면서 상상의 나래를 펼쳐보아라

내가 서 있는 이곳 이름이
고려시대에 향교동이었고
지금도 교동초등학교로 남아 있으며
태풍 곤파스를 맞아 가지 일부가 부러졌어도
더욱 당당한 모습으로 하늘 향한 나의 뜻을
짐작하고 앞날을 준비 하여라

# 백운동천 白雲洞天

통인시장 앞 세종대왕 태어난 곳에서
경기상고를 거쳐 자하문터널 오른쪽
비탈길에 자리한 교회를 지나
막다른 숲에 가서, 들어 보자

발길을 막는 잡초를 헤치고
조금만 더 들어가 잡목 사이로
제법 잘 다듬어진 넓은 빈터에서

우거진 나무를 뚫고 북쪽 바위에 새겨진
白雲洞天이란 넉 자만 우두커니 남아
말로는 다 할 수 없어
말없음표로 나지막하게 전하는 사연을

대한제국 법부대신으로 고종을 도와
근대화 개혁에 노심초사했던 동농東農과
엄친과 함께 상하이로 망명해 항일투쟁한 성엄誠广과
시아버지와 남편이 간 길을 그대로 걸어간 정정화鄭靖和가
대한독립의 뜻을 닦고 길렀던 그 사연을

동농은 상하이에서 순국하고
광복된 뒤 부부가 돌아왔으나 옛 집을 되찾지도 못한 채
남편은 납북되고 며느리는 대전현충원에 묻히고
동농은 아직도 상해 만국공묘에 남아있는
어처구니없고 먹먹한 그 사연을

# 양재시민의 숲

그대 있어 심해지는 건망증 줄일 수 있었다
자주 들르지는 못해도 늘 마음 한쪽 자리하고
화딱지 나는 일 있어도 항상 거기 있는 그대
떠올리며 막걸리 한 잔에 털털 털어 버렸다

스물 넷 꽃다운 나이에 눈에 밟히는 두 아들
남겨두고 돌아올 수 없는 길 웃으며 떠난 님
덕산이 아니라 양재 시민의 숲서 자리 잡음이
복이었다 한달음에 달려갈 수 있는 거듭남

어제까지만 해도 그런 줄 알았다
시민의 숲이 38선 같은 포도鋪道로 나뉘어
그대는 북쪽에 늠름하게 서 있고
남쪽엔 또 하나의 세계가 펼쳐진다

6.25전쟁 때 평북 정주에서 만들어진 2600여
유격백마부대원 전사자 552명의 충혼탑,
1987년 11월29일 미얀마 상공에서 폭파된
KAL858기 희생자 115명의 위령탑,
1995년 6월29일 삼풍백화점 붕괴로 사망한
502명과 실종자 6명의 위령탑,

86아세안게임과 88올림픽을 위해 만들어진
양재시민의 공원은 그들의 얼과 넋을
넉넉한 품에 따듯하게 안고 있다

# 위안부 할머니들의 절규

우리가 가장 두려워하는 것은
이 아픈 역사가 잊히고 왜곡되는 것입니다

사람 훔쳐가는 사람도둑, 인적人賊으로
상처 덧난 분들이 더 고통스러워하고
잘못된 역사 팔아 밥벌이하는 비겁하고
치졸한 역사도둑, 사적史賊들 살판났다며
굿판 벌이게 한 인적, 인적, 인적들

그 인적들 바로잡아야 역사가 바로 섭니다
그 사적들 인벌人罰, 천벌 내려야 역사가 삽니다
심미자 박복순 할머니 저승에서도 편안합니다
이용수 할머니 화딱지 내려놓을 수 있습니다

서울 목멱산 북쪽 기슭, 예장동
옛 조선통감의 관저 터에
'기억의 터'만 만들어 놓고
할 일 다 했다고 떵떵거리는 것은

일제군대에 강제로 끌려가
치 떨리는 희생을 강요당한
위안부 할머니들에게 2차 가해하는
반민족 반역사적 역적행위입니다

# 동대문 디자인 플라자(DDP)

명물은 거저 만들어지지 않는다
역사에 길이길이 남을 명물은
수많은 비평의 숲을 뚫고 나와
와글와글 말잔치 속에서 가까스로,
상처투성이로 탄생한다

DDP는 삼층석탑이다
돈과 욕심과 대가大家 지향이
과거와 현재와 미래를 엮어
색과 층과 사람이 대화하며
아기자기한 삶을 만들어가는 삼층석탑,

사람이 역사를 만들고
역사가 사람을 부수고
사람이 역사를 다시 만드는
도돌이표가 되어
정치라는 괴물을 멋지게 변주했다

사람들은 포도鋪道 속에서 쉼터를 얻고
서울은 앞으로 나아갈 미래의 좌표를 밝혔다
돈 집이라는 산통을 이겨내고
미래를 향해 우주선을 날렸다
비대칭과 비정형의 꿈으로….

# 이회영기념관

우당이 남긴 것은
가로 4.5센티 세로 6.8센티의
조그만 사진 한 장뿐이 아니다

우당이 남긴 것은
얼!

나라가 망했을 땐
효라는 소의小義를 버리고
국권회복이라는 대의大義를 위해
노블리스 오블리주를 실천해야 한다는 가르침,

우당이 남긴 것은
넋!

10대조 백사 이항복에게 물려받은
벼슬과 재산과 목숨까지, 모든 것을
온 가족이 함께 나라 되찾는 데 쏟아 부은 정신,

그 얼은 다이아몬드보다 강하고

그 넋은 에베레스트보다 높고
그 정신은 태평양보다 깊고
그 가르침은 우주보다 크다


이완용 박제순 이광수 최남선처럼
민족과 역사에 반역한 비인간만이 아니라
대한사람들도 외스타슈 드 생 피에르 같은
칼레 시민처럼 용감하게 책임 다 했다는 것을
우당은 이회영기념관에서 생생히 알려주고 있다

제3부

/그날 이곳에선

# 무향민

서울에 사는 사람들은 무향민이다
태어나서 자란 곳 조상 대대로 살아온 곳
마음속 깊이 간직한 그립고 정든 곳

그곳이 어디인지 알지 못한다
그곳을 찾으려고도 하지 않는다
그곳이 있는지조차 관심이 없다

시간과 공간을 버무려 만드는 게 삶,
세월과 고향을 잃었으니 사는 게 사는 게 아니다
상상력은 포도舖道와 고층빌딩에 질식사했다

기억과 현실은 해와 달의 거리보다 멀다
오십팔 년 동안 거친 열두 집 가운데
아홉 집이 사라졌다 세 집도 시한부 옥생屋生이다

집은 사라지고 방만 늘어난다
문패를 잃었다 유민과 부민浮民과 방민房民이 넘친다
주민은 줄고 주민酒民으로 고민枯民이 된다

고향이 없으니 어디든 모두 고향일까
도로표지판만 없으면 똑같은 모습에 길 잃는다
서울인은 홍수에 떠다니는 탈향민이다

# 한용운의 심우장

갈 때마다 다르다
봄에는 얼음 녹이고 희망 지피는 까치 노래
갈에는 황금 들녘 어깨 춤 들썩이는 풍년가
겨울엔 북풍한설 살포시 감싸 안는 엄마 품
여름엔 침묵하며 떠난 그날에 남긴 그 말씀

잊은 지 오래였다
일제 고문으로 옥사한 김동삼 5일장 치른 용기
살아있는 최남선 장사지내고 만나지 않은 기백
친일로 변절한 최린, 인간도 아니라 꾸짖은 얼
오롯이 살아있는 서울시 성북동 222-1 심우장

향나무 꼿꼿하게 지킨다
조선총독부 마주 할 수 없다며 북쪽 바라본 집
마당 끝에 유언처럼 직접 심은 향나무 한 그루
님 떠난 지 75년 돼서야 겨우 사적지로 지정한
게으름 무책임 뻔뻔함 너른 마음으로 껴안고서

갈 때마다 똑같다
어서 오라며 반갑게 미소 짓는 님의 얼굴
해야 할 일 못한 것 내리치는 시퍼런 죽비
금방이라도 점심 밥상 차릴 것 같은 부엌
완전독립과 평화통일 어서 이루라는 채찍

# 종로 3가 쪽방

내가 큰 죄 짓고 살고 있다는 걸
쪽방은 말없이 질책하고 있었다

바깥 기척이 궁금한 지 잔뜩 치켜
떠 흰자위만 보이는 하얀 눈동자
시대의 갈등을 되비추고 있었다

하늘도 슬퍼하는 것이었다
달구어진 지붕 뜨거운 시멘트 땅
눈물 쏟아 다독거렸다 막힌 가슴
하루나마 숨 트고 살라고 했다

달방에는 달이 뜨지 않았다
바람은 집요하게 문틈을 파고들었다
냄새는 숨을 따라 심장에 박혔다
인간과 사람의 거리는 아주 멀었다

오로지 문 짝 하나에 쪽 방 하나
지옥으로 통하는 길인 듯 가파르게
신음하는 나무 계단이 말을 건넸다

죄 많은 몸뚱이 뉘일 수 있어서일까
초로의 김 서방 웃으며 찬물 끼얹는다

# 창신동 회오리고개

사는 게 힘든 사람들아
창신동 회오리고개에 가보라

바람도 한달음에 오르지 못해
가슴 턱턱 막힐 때마다 숨 고르듯
틀고 틀어 어질어질한 회오리 되는 곳

부릉 부릉 오토바이가 헉헉댄다
끼익 끼이익 자동차 브레이크도 바쁘다
뾰쪽 구두 멋쟁이 얼굴 덩달아 화끈거린다
오늘만 의자 벗 삼은 어르신 뒷짐 쥐고 오른다

가파른 산비탈 그대로 꼬불꼬불 굽이치는 결
회오리길에선 시간도 문득 거꾸로 흐른다
인공지능 시대에 쉬지 않고 돌아가는 재봉틀

창신동 회오리고개에서 배운다
내리막에서 꿈을 오르막에서 인내와 겸손을

# 삼청동 수제비

발 가고 싶은 대로 닿았다
저절로 흐른 삶 결이었다
술 떡 된 김유신 말이 데려간 곳
억지로 되는 일이 아니었다
와자지껄한 삶이 그리운 것이었다
삼복 더위는 열기로 다스렸다

여기는 부부 조기는 연인
저기는 친구 저저기는 혼술
폴폴 날리는 김 동동주 향기 타고
문득 엄마 내음이 춤췄다

밀가루인데 쫄깃쫄깃했다
쌀 한 말 머리에 이고 시오리
땀범벅으로 걸어 물집 잡힌 손바닥
끊어지는 허리 두드리며 빻은 쌀가루
약수로만 버무린 백설기 절떡이었다

저녁마다 먹어 물리고 질린 수제비였다
밭에서 기른 감자 호박 양파 듬뿍 넣고
밀가루 숨바꼭질 해야 했던 수제비
뚝배기와 탁발 잔에 불쑥 넘어갔다
조개와 낙지 칼칼함이 정 나눈 안주였다

# 통의동 백송

스스로 왔다가 저절로 가는 건
사람과 나무가 똑같았다
나날이 떴다 지는 해와 달을
조금 더 봄은 더 많은 아픔을
견뎌야 한다는 차이만 있을 뿐

경복궁 영추문迎秋門 근처 통의동 35-15엔
어른 키 높이 그루터기가 그 사람 그림자처럼
어린 백송들의 시위 받으며 솟아있다
아직 해야 할 일이 남았는데 차마 하지 못하고
부러진 한이 아직도 풀리지 않았다는 듯

이곳은 추사 김정희 집이 있던 곳
중국에서 최고 학자들과 당당히 겨루었던
젊은 추사는 그의 앞날을 백송 한 그루에 심었을까

천연기념물 4호로서 당당하게
추사를 되살려내던 늠름했던 백송이 쓰러졌다
태풍은 안동 김가 세도정치 닮은 불청객이었을까

김정희 집터 표지석은 50m 떨어진 곳에 있고
그루터기는 아슬아슬한 기상으로 그 사람 기다린다

# 통곡의 미루나무

왜 없지?
두 눈 비벼 크게 뜨고 다시 보아도
없었다, 늠름하게 서 있던
통곡의 미루나무가 보이지 않았다


안산과 인왕산 사이
길마재 아랫동네, 현저동<sup>峴底洞</sup> 101번지
서울 지하철 3호선 독립문역 5번 출구,
서대문형무소의 사형장 문 바로 앞에서


조국의 독립을 보지 못하고 죽음을 강요당한
항일투사들이 부여안고
일제의 폭력에 통곡했던 미루나무가


휘몰아치는 북풍한설도
파릇파릇한 봄 새싹으로 이겨내고
통의도 백송과 문래공원 버드나무를 쓰러트렸던 태풍도
노랗게 물들이며 사뿐히 넘었던 미루나무가


임종도 보지 못하고

죽음도 뒤늦게야 안
게으름을 아파하고 있었다


떠난 사람은 말이 없고
우객愚客은 귀 먹고 가슴 잃어
그님들 남긴 깊고 높은 뜻,
듣지도 알지도 느끼지도 말하지도 못하는
응어리를 마저 털어내지도 못한 채


2020년 시월 태풍을 끝내 견디지 못하고
하늘이 준 생명, 천수天壽를 다 했는지
2세 두 그루를 겨우 남기고
까만 포장을 이불 삼아 누워 있었다

# 북촌 왕짱구식당

잔 막걸리에 끌려
들어가려니

코로나로 인하여 죄송합니다
라고 흘려 쓴
안내문이 발길을 거부했다

혹시나 해서 밀어봤더니
역시나 굳게 닫혔다

아쉬움에 주춤주춤 돌아서려는데
바람처럼 나타난 주인아저씨가
문을 열어주면서 던지는 한마디,

코로나로 어렵고 어려운데
의자를 밖에 놓고 손님 받는 건
불법이니 없애라는 계고장이 날라 와
화딱지 나서 장사 안 한지 일주일 됐다고
신고한 인심이 각박하다고,

가뜩이나 부족할
행정력을 이런 데 쓰는 게
합리적인 지 갸우뚱하며
북촌 둘러보기가 목말라 왔다

# 원서동 빨래터

말이 흘러간 뒤엔
터만 덩그렇게 남아
도란도란 그날을 얘기하고 있다

창덕궁 서쪽 담을 따라
북쪽으로 걸으면 북촌 동쪽 끝에
고희동 화가가 살던 집이 나오고
좀 더 올라가 길이 끊긴 자리에서

속 썩이는 서방님과
날로 썩어가는 나리님과
나리들에 휘둘리는 나라님을
패대기치듯 빨래 두드리던
양덕방계 빨래터
방망이 소리는 아득하고

창덕궁 담 밑으로
세월을 낚는 맑은 시내가
졸 졸 졸
자주 오라고 물짓한다

# 충정아파트

최초라는 말에는 관이 씌워 있지요
처음이라는 영예와 세월이라는 때와
시대와 어울리지 않는 뻘쭘함과
이러지도 저러지도 못하는 엉거주춤이
흥부네 아이들처럼 주렁주렁 달려 있네요

한국에서 가장 오래된 최초 아파트
충정아파트를 아시나요
일제강점기 때인 1932년
서대문구 충정로 3가 250-5에
지하 1층 지상 4층 60세대로 지어졌다네요

한국현대사의 아픔을 온몸으로 겪은 증인답게
이름도 풍전豊田에서 트레머호텔로 코리아관광호텔로
유림아파트로 충정아파트로 바뀌었고요

6.25전쟁 때 서울을 점령한 북한군이
지하실에서 사람들을 학살했다고 하고
서울 수복 뒤에는 미군이 임시숙소로 썼으며
사기꾼 김병조에게 넘어갔다가

국세청 최이순, 서울은행을 거쳐
주민들에게 매각돼 지금에 이르고 있네요

서른 살만 넘으면 다시 지어야 한다고
야단법석을 떠는 요즘 아파트들을 보면서
때와 뻘쭘함과 엉거주춤이 주렁주렁 달린
여든아홉 살 최초 아파트는 무어라고 할까요…

# 이 상 일기

1926년 6월10일
경성은 온종일 부산했다
순종황제 인산일 맞아 7년 전 불었던
기미독립만세운동 함성이 다시 터졌다

경성고공 건축과에 다니던
김해경은 그날 무엇을 보고
어떤 생각을 했을까

일제의 대한제국강점이 발표된 날보다
아흐레 앞서 태어나 열일곱 살 된
그는 만세운동에 참여했을까

코로나로 나라가 꽉 막힌 칠월칠석 날
대학로에서 통의동까지 땀 뻘뻘 흘리면서
물어보았다, 김해경은 왜 이상이 됐을까

시인은, 소설가는
보통사람이 보지 못하는 것 듣고
일반사람이 듣지 못하는 것 느꼈음일까

스물일곱 꽃다운 나이에

식민모국의 수도 도쿄에서 죽은

이상은 돌아오지 못하는 길 떠나며

무슨 소리 들었을까


옆구리에서 날개 나와 훨훨 날았을까

못 마시는 술 3박4일 마시고 앞서 달려간

박인환 만나 어깨 두드려 주었을까

# 은성주점

지금 그 사람 이름은 알지만 은성주점은
그저 표지석으로만 남아
코로나로 텅 빈 금요일 밤 명동 거리
구질구질한 가을비에 추적추적 젖어
그 사람 아는지 잊었는지조차
가물가물 기억을 시험하지만

그 사람은 중국집 개화開花의 고량주 위에
코로나 씻는 염원으로 피어난다

세월은 가고 우리도 가는 것
이재명 의사 이완용 응징했다는 표지석은
명동성당 정문 앞에서 홀로 빗물에 젖고

그렇게 젊어 스러진 분 기억하는 사람은
하루하루 사는 게 부대껴 희미해진 채
거들떠 보는 사람 없는 표지석은
은성주점 표지석과 눈물 나눈다

가슴 떨림 견디지 못한 박인환은
못 마시는 술 3박4일 들이붓고
이상 잊지 못해 추모하다 급히 가고
비겁하게 눈치 보던 김수영은 살아

그토록 아껴주던 박인환 짓밟아 우뚝 섰다
죽은 박인환은 말이 없고
산 김수영은 권력이 되었다

은성주점 앞에 핀 나뭇잎은 알까
봉구주점 주인은 왜 말이 없었을까
봄에 피었다가 가을에 져야하는
운명 알았을까

그 나뭇잎은 텅 빈 인파에 죽음을 두려워 하고
오로지 살아남아야 한다는 핑계를 대며 눈치 살핀다
발길 뚝 끊긴 은성주점 표지석 앞에는
가을비가 여름비처럼 정체성 흔들리며 내리고

얼핏 역사의 마당 엿보자며 기웃대는 사이비,
사가詐歌가 자신 없는 곡조로 흐른다

지금 그 사람 이름은 뚜렷하건만
지금 그 사람 시구는 회자되지만
지금 그 사람 허위는 흘러가지만
지금 그 사람 은성주점은 말없이
비겁한 눈물만 뚝뚝 떨어뜨린다

# 훈민정음 부활한 곳


눈 크게 뜨고 게으른 걸음으로
정신 집중해야 가까스로 보인다


인사동 네거리에서 안국로터리 쪽으로
오른쪽 사람 다니는 길 따라 슬슬 걸으면
바닥에 보도블록과 비슷한 색의 동판이
어렴풋하게 자신의 존재를 애써 드러낸다


翰南書林址한남서림지〔터〕라는 표지동판,
아무도 거들떠보지 않아 소리 없는 울음
우는 이 동판이 어떤 역사를 담고 있는지
눈길 주는 사람이 거의 없다


가뭄에 콩 나는 것보다 더 드물게
오가다 문득 본 사람이 있어도
전형필? 전형필이 누구지…
고개를 갸웃거리며 이내 지나치고


위창 오세창의 밝은 눈과
간송 전형필의 올바른 경제력과

믿을만한 이순황의 바퀴가 하나 되어
국보 70호이자 유네스코세계기록유산
훈민정음해례본을 지켜낸 가슴 벅찬 역사

역사는 그렇게 전통문화의 거리 인사동에서
뭇 사람들의 발길에 채이며 무너져 내린다
세종대왕의 눈물은 여기서도 흐른다

# 심훈 시공원

아름다운 곳은 아픔을 간직한다

발아래로 묵묵히 흐르는 한강
그 뒤엔 끝없이 이어지는 아파트
그 너먼 목멱산 좌우로 밤섬과 아차산까지
한 가슴에 절경 품은 이곳은

효자로 유명한 효사당 노한이
돌아가신 모친을 위해 지은 효사정
시키 신타로 시키구미건설회사 사장,
명수대 개발할 때 한강신사 세웠던 곳

코끼리가 한강물 마시는 상두산象頭山
이곳은 1956년 5월3일에 50만 명 몰려
못 살겠다 갈아보자고 외쳤던
한강백사장 너머

그 백사장 없어지듯
그 한강신사 흔적도 없이 지워지고
그 시키가 남긴 명수대 아직도 남아
이곳에서 태어난 심훈 심란하게 한다

아름다운 곳의 아픔을 잊지 말라고 미소 건넨다

# 홍난파 가옥

가을이 발갛게 익고 있었다
교남동 행촌성곽마을 지나
홍파동 월암근린공원 끝자락
홍난파 가옥을 파랗게 감쌌던
담쟁이들이 감을 닮아 발개진
계절을 음미하고 있었다

복숭아 꽃 살구 꽃 아기 진달래
울긋불긋 꽃 대궐 동네를 그리워하며
울밑에 선 봉선화가 긴긴 여름철
아름답게 꽃 피었다가 북풍한설에
없어져도 평화로운 꿈을 꾸는
얼이 살아 봄바람에 환생하기를
바라는 바람을 느끼고 있었다

숭례문에서 끊긴 한양도성이
아슬아슬하게 다시 이어지는 곳
산자락에 한 폭의 수채화처럼
독일 선교사가 1930년에 지은 집에서
죽기 전 6년 동안 항일과 친일을 오갔던
홍난파의 고민을 전하고 있었다

# 수송공원

깜짝 놀랐다

수송공원 이종일 선생 동상 뒷모습 보려 돌아선 바로 그때

후다닥 뛰어 달아나 저만치서 왕방울 눈 하고 선 너는 더

간 떨어졌겠다 느긋하게 저녁 먹으려다 불청객 침입 받고


놀란 건 또 있었다

참새들 저녁 먹고 잠자리 준비하느라 부산떠는 그때

집 떠난 노숙자들 하나 둘씩 빈 벤치 찾아드는 모습

보성사 신흥대학 중동학교 숙명여학교 자리했던 곳


발길 닿는 곳곳이 아픔이었다

일찍 떠난 순회세자 빈 살았던 용동궁龍洞宮 터에

대한매일신보 들어서 영국인 어니스트 베델 사장이

쓰러지는 대한제국 지켜내려 노심초사했던 곳


눈길 머무는 곳곳이 고통이었다

키 겨루는 고층빌딩에 기죽지 않고 굳세게

나 이런 곳이라고 알려주는 동상과 표지석

바쁜 도인都人들 외면 받고 보이지 않는 눈물

3.1대한독립만세운동 비 되어 쏟아졌다

# 파고다극장

열 번 가고 백 번 지나쳐도 소용없다
모르고 가면 그저 시계불알에 지나지 않을 뿐
한 번을 가도 제대로 알고 가야 보인다

탑골공원 동문에서 해 뜨는 쪽으로 걸어
송해길과 만나는 정자T子 골목 오른쪽에
파고다타운 빌딩이 하얗게 서 있다
시대의 증인으로 잊힌 기억 조각들
하나하나 조심스럽게 꿰맞추려는 듯

살았을 때보다 죽어서 더 유명해졌다는 건
이곳이 파고다극장이었다는 사실보다
춥고 깜깜한 의자에서 시대를 아파한
스물아홉 살 시인이 외롭고 고통스러운
삶처럼 죽음을 맞이했다는 사실보다
견딜 수밖에 없는 역설이었다

경자년이 다 가기 전에 안 것은 다행이었다
절도를 알아 형통한 해에 태어나
환갑이 된 때 삶은 바람이 되고
추억은 죽음으로 영원히 흐른다

# 송해 길

갈 때마다 늘 아쉬운 발길을 돌려야 했다
어르신이 돌아가며 자리 잡고 앉아 있어
사진도 찍지 못하고 쭈뼛쭈뼛 서성거리다
몇 번 눈짓해도 짐짓 모른 체 하는 눈길에
다음을 기약할 수밖에 없었다

서울 지하철 종로3가역 5번 출구 옆
송해 동상과 송해길 안내판 사이에
누군가 의자 하나 갖다놓았다
여기 앉아서 추억을 남기라는 뜻은
미필적 고의에 번번이 꺾이고 말았다

나쁜 것의 덕을 보는 게 이런 것이었다
갑자기 찾아온 첫 추위에 더욱 기승을 부린
코로나 때문에 의자가 비었다
염치 불구하고 느긋하게 다리를 꼰
경자년 십일월 마지막 토요일 아침

6.25전쟁으로 잃은 고향을 반드시
되찾겠다는 일념으로 반백년을 울고 웃었던
낙원동은 송해의 제2의 고향이 되었고
종로3가에서 낙원상가 앞까지 도로는
송해 길로 실향민들의 심향心鄕이 되었다

# 최규식과 정종수

부대 이름과 목적지를 말하라
씨아이씨 방첩대다
군부대가 지나간다는 애기를 듣지 못했다
훈련 마치고 복귀하고 있다 당장 길을 비켜라
전 대원 조준 사격하라

1968년 1월21일 한밤중에
자하문 고개는 난데없는 죽음터가 됐다
느닷없이 수류탄이 터지고 총알이 콩 볶아댔다
방첩대란 말 한마디에 줄줄이 뚫린 방어선을
정종수 경사와 최규식 서장이 목숨으로 지켰다

청와대를 사수하라
김신조 일당이 난사한 기관총알을 맞고
절명하면서 마지막으로 내린 명령,
그대의 죽음으로 서울 시민은
놀란 가슴 눈물로 쓸어내렸다

그대들의 죽음은 보상받았는가
늠름한 동상과 아담한 흉상胸像으로 남은
그대들이 죽음으로 지킨 것은 무엇이었나
서른셋 서른일곱의 꽃다운 청춘은
시인의 언덕 아래에서 둘이서만 묻고 묻는다

# 5.16과 문래공원

나무는 살아있는 역사다
사람보다 훨씬 오래 살아
그날 이곳에서 일어난 일
시시콜콜 기억하고 있다
인간과 말이 통하지 않아
답답한 가슴 쥐어뜯고 있을 뿐

사람이 나무 말 배우면
백년 내다보는 백년시視 되고
사람이 나무와 공감하면
방방곡곡 보는 천리안眼 되고
사람이 나무와 함께 살면
땅 치며 뉘우치지 않는 만세통通 된다

수백 살 버드나무 태풍 링링에 쓰러졌어도
벚꽃과 수수꽃다리는 때 맞춰 향기 뿜었다
6관구 지하벙커 환기창은 무심히 왼고개하고
박정희 소장의 흉상胸像은 위태위태하다

아이들은 코로나에도 아랑곳하지 않고
참새처럼 즐겁게 뛰노는데
오가는 시민들은 그때처럼 무덤덤하다

# 천일백화점

일어난 일은 흔적을 남기고
지나간 것은 단서를 흘린다

천일극장과 천일백화점이 있었던
종로구 예지(禮智)동 189번지,
광장시장 서쪽 끝에는
천일라사와 천일상가가 그날의
흔적과 단서를 갖고 있는 듯 자리하고

1960년 4월18일 저녁 7시20분
서울시청 옆 국회의사당에서 시위마치고
학교로 돌아가는 고려대학교 학생들이
갑자기 몽둥이를 휘두르는 깡패 100여명에게
두드려 맞아 200여명이 부상 입은 역사를 지키고 있다

먹고 사는데 바쁜 사람들은
어느새 환갑도 지난 일이 기억나지 않는다며
그날의 폭력을 모르는 체 왼고개 하고
그날은 청계천 판잣집과 함께 사라졌다는 듯
애써 감춘 부끄러움은 저녁노을에 발개졌다

때린 놈들이 아무리 덮으려 해도
맞은 사람은 단서와 흔적 남긴다

# 효자로

경복궁 서쪽 벽을 따라 이 길을
북쪽으로 느릿느릿 몇 분 걸으면
효자동 삼거리가 나옵니다

지금은 마음대로 사진을 찍고 오갈 수도 있지만
몇 년 전까지만 해도 이곳은 사람이 갈 수 없는
금인禁人지역이었습니다

통의通義 창성昌成 효자孝子동으로 이어지는
이 길은 가을이면 노란 은행잎이 연인을 부르지만
봄이면 그날 흘린 핏물이 눈물을 흘립니다

그래요, 1960년 4월19일 한낮이었습니다
그날 이 길은 3.15 부정선거와 마산의 김주일 고등학생과
바로 전날 깡패들의 천일백화점 앞 고대생 폭행사건 등을
규탄하는 초중고대학생들과 시민들이 물밀 듯이 모여들었고
권력 뺏길 것이 두려운 비겁자들은 적을 막으라고 준 총을
비무장 시민들을 향해 쏘았습니다. 제 명을 재촉했습니다

효자로는 권력이 잘못될 때마다 시민들로 가득 찼습니다
총칼보다 무섭다는 긴급조치도 하극상 쿠데타로 잡은
철권통치도 경찰버스로 쌓은 차벽도 아무런 소용없었습니다
효자로에 다시 시민들이 모이기 시작하자 코로나를 내세워
광화문광장을 아예 막았습니다 막는다고 막지 못한다는 것을
깨닫지 못한 멍청이들이 벌이는 코메디입니다

# 양화진 외국인묘역

양화진 외국인묘역은 참된 배움터입니다

옳은 것 참된 것 사람과 나라가 지켜야 할 도리를
조국의 미움을 받으면서까지 온몸과 온맘으로 지키다
웨스터민스터보다 한국 땅에 묻히겠다고 한
광무황제의 특사 호머 헐버트 박사가,

이역만리 낯선 땅에서 침략자 일제에 맞서
대한독립을 위해 서른일곱의 짧고 굵은 삶을,
나는 죽을지라도 신보는 영원히 한국민족 구하라고
외친 어니스트 베델 대한매일신보 사장이,

사철 뚜렷한 자연과 순박하고 인정 많은 사람들을 사랑해
법과 도덕을 내팽개치고 총칼을 앞세운 일제를 너무 싫어해
서울과 인천 사이에 전신선을 깔아 김창수의 사형을 지연시키고
이름까지 미륜사彌綸斯로 바꾼 헨리 예센 밀렌스테트가,

박에스터를 첫 여성의사로 키워준 로제타 홀 여사 가족이,
헤론, 언더우드, 아펜젤러, 스크랜턴, 베어드 등이 잠들어
병인박해 때 수천 명의 머리가 잘린 절두산切頭山에 자리한
양화진 외국인 묘역은 죽어서 영원히 사는 사람들이
살다 간 올바른 길을 배우는 참된 배움터입니다

# 4.19 국립묘지에서


수유리 4.19 국립묘지에서 눈물을 보았다
그님들의 얼인 듯 삼일절에 내린 봄눈으로
하얗게 갈아입은 인수봉이 부른 하소연이었다


사연을 모두 가슴에 담을 순 없었다
김한승金漢昇 수송국민학교 6학년,
열세 살 어린이는 그날 무엇을 보았을까
김주열金朱烈 마산상업고등학교 1학년,
열일곱 꿈 많던 젊은이는 이십팔일 동안
캄캄한 바다 속에서 얼마나 숨 막혔을까
임희영 박옥희 유순례 김정자…
총알 맞은 그들의 상처는 얼마나 평생 아팠을까


그들은 무엇을 위해 총을 쏘았고
님들은 왜 그날 거기서 총알에 맞섰나
총을 들어 너만 '혁명'이고
피 흘렸지만 맨주먹이라
헌법전문에도 우리는 '의거'냐?


해마다 4월이 오면

그날 그곳에서 돌아오지 못할 먼 길 떠난

들꽃 흐드러지게 피는 4월이 오면

컨베이어벨트에서 살며시 벗어나 이곳에 오는

해마다 새 마음 다지는 4월이 오면

새싹 우둑우둑 새 세상으로 갈아엎는다

얼 빠져 갈팡질팡하는 놈들

4.19국립묘지 눈물이 채찍질로 패대기친다

# 동작동의 시간

오늘이 바쁜 사람은 어제를 기억에서 지우고
어제를 잊은 사람은 캄캄한 내일을 맞이한다

피할 수 없는 운명은
뿌린 대로 거두는 것

콩 심은데 벼 안 나고
비양심 뿌린데 말뿐인 달콤한 정의
절대 싹트지 않는다

칠만 삼천 여 명,
이 많은 분들을
억울한 죽음으로 몰아넣고도
사과 한 마디 하지 않고
어거지 핏대 올리는 놈들

이름도 남기지 못하고 죽은
무명용사 탑을 보도록 하라
후손도 없이 묘비 하나 남긴
젊디젊은 병사들을 보도록 하라

오늘이 아무리 바빠도
어제를 올바로 기억해야
내일을 환하게 맞을 수 있다는 것
온몸으로 깨닫게 하라

# 제4부

# 아픔을 스승 삼아

# 광화문광장

그것은 광장이 아니었다
이리 가도 막히고 저리 가도 불통,
해마다 붉은 옷 입고 가슴 깨우치던
종소리마저 흔적도 없이 사라졌다

을씨년
그 한마디가 딱 맞았다
내가 알던 광화문광장은
코로나를 핑계 삼은 폭력에
앙살조차 못하고 숨죽였다

언제 온다는 기약도 없었다
도둑맞은 경자년을 기억하는
청계천 광장도 휑뎅그렁했다
사람들이 종종걸음으로 사라진 곳에
네온사인만 가짜생명을 반짝거렸다

서울광장도 주인은 바뀌어 있었다
스케이트장은 아예 엄두도 내지 못하고
K방역으로 올 수 없는 산타크로스 없이
크리스마스 트리는 말마저 잊었다

막내가 사준 외투로 무장한 나그네만
콧물 흘리고 손 비비며 펜을 긁었다
발길 끊긴 광화문에 한 바람 몰아쳤다

# 제헌회관

헌법은 의붓자식인가 보다
헌법을 처음 만든 7월17일,
제헌절은 국경일이지만
3.1절 광복절 개천절 한글날과 함께 국경일지만
외롭게, 국경일답지 못하게 공휴일이 아니다

대한민국 헌법을 만든
제헌국회의원들이 활동하던
제헌회관도 의붓자식 신세다

지하철 3호선 경복궁역에서 가까운
종로구 통의동 75-1에 있는
제헌회관은 굳게 문이 닫혀 있다

코로나는 좋은 핑계였나 보다
2020년 2월28일부터 다시 알릴 때까지
매주 금요일 오전 10시부터 오후 4시까지
개방하던 것이 중단했다

나라의 주인인 국민을 업신여기면
나라의 기틀인 헌법을 우습게 알면
믿었던 도끼에 날벼락 맞는다는 걸
궁정동 무궁화동산이 알려주지만
꽃에 취한 나비들은 전혀 알지 못한다

# 안중근 초혼묘

그대는 우리의 가슴에 핀
영원히 지지 않는 마음 꽃

그날, 1909년 10월 26일
그때, 아침 9시 30분
그곳, 북간도 하얼빈 역

서릿발처럼 내리 앉는 초겨울 한기(寒氣) 뚫고
총성 일곱 발 울려 이등박문 쓰러뜨리고
우리의 마음 꽃 활짝 피어올랐다

그것은 국모(國母) 시해의 원수 갚음이요
대한제국 백성 응어리 풀음이요
충렬천추(忠烈千秋)의 정당방위요
하늘이 내린 벼락이었다

그날 붉게 핀 심화(心花)는
김구 유관순 한용운으로 흐르고
김좌진 이봉창 윤봉길 지청천으로 이어져
끈질겼던 일제의 식민사슬 풀어내고

116

일월대궁<sup>日月大宮</sup>의 밝은 빛 되찾았다

해마다 새 봄 돌아와 새 싹 돋고 새 울어
4000리 금수강산 온갖 꽃 뒤덮이듯
그대의 얼은 효창공원 삼의사 묘역에서
하루도 쉬지 않고 살아 숨 쉬고 있다

일제의 음모로 아직도 유해를 찾지 못한
그대는 우리 가슴에 꽃으로 피어난 심화
영원히 살아 지지 않는 마음의 꽃이다

# 한미호텔을 아시나요

한미호텔 자리가 어딘지 아시나요?
한미호텔이요? 처음 들어보는데요…


조소앙 신익희 조완구 김성숙 조경환 장준하…
임시정부와 광복군에서 목숨 걸고 싸웠던
항일독립투사들이 개인자격으로만 귀국해야 하는
수모를 참으며 돌아와서 머물렀던 곳


한미호텔은 잃어버린 역사가 됐다
이름도 잊히고 있었던 터마저 아득해졌다
혼마치本町 니쪼메二町目 100번지
혼마치 니쪼메는 충무로 2가로 바뀌었는데
100번지는 행정지도에서 증발돼 버렸다
건물이 없어진 것은 말할 것도 없고


이리 저리 조각 맞추기로 겨우 안 것은
혼마치 니쪼메 100번지는
충무로 2가 65–4번지로 바뀌었고
한미호텔은 신한은행 충무로지점이 됐다는 사실,

그것도 오래된 구문이었다

지하철 4호선 명동역 8번 출구 나와

CGV와 뚜레쥬르 골목으로 들어가

나인트리호텔명동 건너편에 있다던

신한은행 충무로지점은 어느 새 Ex:Pace로 바뀌었다


나라가 감추는 데 너 혼자 어쩌하겠느냐는 듯

불 밝힌 새 빌딩이 우뚝 서서 비웃고 있었다

# 손기정공원

기억은 믿을 게 아니었다
삼십년 전에 가끔 갔던 경험이 취약이었다
삼복 무더위 속에서 한참 머릿속을 헤매다
파출소 문 두드렸다 문은 굳게 잠겨 있었다
중림시장 좌판에 놓여있던 물고기가 허연
눈으로 물었다 너 사는 게 뭔지 아니?
지금 그 물고기도 좌판도 좌판 주인도 모두
떠나 없는데 그 물고기 목소리는 여전히 크다
사는 게 뭔지 이제 깨달았니?

모르면 물어라
형님은 지긋이 말없음으로 알려주었다
달리는 것 자체가 항일투쟁이었던 시절
압록강 철교를 새벽 저녁으로 뛰어다녔다
배고픔이 교관이었다
민족차별은 스승이었다
베를린올림픽 마라톤에서 금메달 땄어도
웃을 수도 왼쪽 가슴에 오른손 올릴 수도
없었다 그저 고개 푹 떨굴 수밖에 없었다

니들이 그 애끓는 마음 아느냐
니들이 그 어찌 할 수 없음 상상하느냐
니들이 웃어야 할 때 울어야 하는 그 맘
알 수 있느냐 날 때부터 포근한 배내옷에
쌓여 풍요롭게 사는 니들이 정녕 알겠느냐
기억은 절대 믿을 게 아니었다

# YH여공들의 죽음

사랑하는 동생아
학자금 걱정하지 말고
열심히 공부해 훌륭한 사람 되어라

그날 새벽 이곳에선
스물한 살 누나의 소박한 꿈이
싸늘한 주검으로 스러졌다

1979년 8월11일 새벽 2시
서울시 마포구 도화동 556
신민당사는 삶과 죽음의 갈림길이었다

배고파 못 살겠다 먹을 것 달라며
마지막 희망을 부르짖던 김경숙은
짧은 인생 한 많은 삶 마감당했다

역사는 여기서부터 물결 일었다
힘으로 민심을 억누를 수 없다
총칼로 역사의 흐름 막을 수 없다
닭 모가지 비틀어도 새벽은 온다

그런 진리의 힘 보여주는
표지석이 숨바꼭질 한다
건물은 나날이 높아지고
역사는 갈수록 옅어진다

# 신정동 ○○-98번지

촌놈이 서울로 이사 온 건 1982년이었다
강서구 신정동 ○○-98 반지하 전세방 두 개
대학은 멀었지만 빡빡한 시골살림에 맞추었다
지금은 목동아파트 단지가 빽빽하게 들어섰다
그 집 앞에 넓은 벼농사 논이 있었다는 것은
베르나르 베르베르도 상상할 수 없을 것이다
벼논이 아파트 숲 된 도답택림稻畓宅林이다

그해 여름 어느 일요일 오후였다
모처럼 방에 누워 빈둥거리는데 비명이 들렸다
큰 형이 토끼 눈을 하고 안절부절 하며 불렀다
귀속에서 뭔가가 꿈틀대고 있다는 것이었다
어쩔할 줄 몰랐지만 문득 생물시간이 떠올랐다
눈에 띈 바카스 빈병 뚜껑 열고 귀밑에 댔다
징글징글한 놈도 달콤함에 약했다

손가락 두 마디 길이에 다리가 셀 수 없이 많은
노래기였다 그놈이 민감한 곳에서 기어 다녔다니
얼마나 놀랐겠는가 아는 게 힘이었다
귀 후비개로 긁어내려 했다면 그놈은 놀라서 더욱
속으로 들어갔고 앰뷸런스 불안하게 울었을 것이다
여름이면 물에 차고 늘 퀴퀴한 냄새가 나는 반지하
기해년을 후끈 달구었던 기생충을 임술년에 다시 만났다

# 해방촌 108계단

편리가 역사와 어긋난다는 건
우리 삶의 조각이 잘못 끼워졌다는 것

살아있는 역사를 생생하게 얘기하는
유적이 슬금슬금 사라지는 건
없앰으로 얻는 게 큰 사람이 많다는 것

고통이 기억 속에서 녹슬면
아련한 추억으로 바뀌고
국적 없는 추억은 역사왜곡을 낳아
나와 너의 무관심 속에 사적史蹟들이 배 불린다

일제가 1943년 우리 부모형제를 강제 징용해
　자기들이 일으킨 전쟁에서 죽은 군인들의 영혼
달랜다며
　채찍에 뜯겨나간 살로 세운 경성호국신사에 쉽
게 갈 수 있도록 만든
　108계단에 스며든 땀과 눈물과 피는 자꾸 잊힌다

경성호국신사가 어디 있었는지는
몇 바퀴 맴돌아도 어렴풋이만 추측될 뿐이고
108계단 몸통은 경사형 승강기로 두 동강 났다

유적은 갈수록 없어져 상상력은 옅어지고
억지는 갈수록 커지고 삶은 쪼그라든다

# 중앙청

역사는 단절 없이 발전하지 않는다
대한인들의 땀과 피, 목숨과 얼마저
모조리 빨고 앗아간 흡혈 인귀人鬼들의
총본부, 조선총독부는 민주공화국
대한민국 정부의 중앙청이 되었다

역사는 변명 속에 뒷걸음질 치고
너무 많이 빼앗겨 중앙정부 살림집조차
지을 형편이 되지 못했다는 건 핑계였다
뜻이 있으면 길은 반드시 열리는 법,
그렇게 많았던 적산재산은 모두 어디로 갔을까

역사는 충격 없으면 잊혀간다
경복궁 흥례문 헐어내고 광화문 내팽개쳐
나무 말뚝 9388개 대한인 볼기치듯 때려 박고
금수강산 파헤쳐 화강암 캐다 지은 조선총독부,
해방됐어도 40년 동안 그 자리 지켰다

중앙청 첨탑은 조선총독부 총칼처럼
착하고 죄 없는 서민들 식은 땀 흘리게 하고

일제 패배해 물러간 뒤에도 거만하게
배달민족과 대한민국 깔보는 듯
조선총독 관저와 함께 껄떡댔다

그렇게 계속 살 수는 없었다
한참 늦었지만 철부지는 면했다
조선총독부를 갈기갈기 찢어
독립기념관 서쪽 해지는 곳으로 유배보냈다
역사는 끊어냄으로써 진정으로 이을 수 있다

# 종각의 전봉준

서울 종각역 네거리에 가면
녹두장군 전봉준 의병장을 만나보세요
반갑다고 인사드리고
왜 여기에 이렇게 앉아 있느냐고 따져보세요

당신이 계실 곳은 여기,
옛 전옥서典獄署 있던 자리가 아니라
왜놈 몰아내자는 농민들의 함성 가득한
황산벌과 우금치이지 않나유

당신은 여기서 이렇게
엉거주춤 앉아있을 것이 아니라
말 타고 시퍼런 칼 뽑아들어
왜놈 토벌을 진두지휘해야 마땅하지유

지금 여기 엉거주춤 앉은 당신은
아무 일 할 수 없어 눈만 부릅뜬
독이 잔뜩 오른 패배자의 모습,
녹두장군의 자리에 어울리지 않습니다

전봉준의 자세가 아닙니다
앉아서는 큰일을 도모할 수 없지유
슬픔과 우울과 절망에 빠진 과거로는
꿈과 희망과 미래를 찾기 힘듭니다

1895년 새싹 돋는 4월24일 새벽 2시
이곳에서 교수형 당한 한恨
어찌 풀려고 이렇게 엉거주춤하게
앉아만 계시는지요, 벌떡 일어나서야지유

# 창덕궁 후원

그때도 이렇게 밝겠을까
그리움 이루려 한 그날 단풍
이리도 고와서 아프게 붉었을까


한 잔 술에 노론 벽파 시름 덜어
부용지 섬에 유배 보내는 가을 걱정,
추수秋愁가 만천명월주인옹의 가슴 물들였을까


그 사람 떠난 자리
파란 세월 이끼도 물드는 날
붉은 가을에 화들짝 놀란 새
회초리 되어 겨울로 내리는데


예쁜 꽃 빨리 지고 좋은 사람 서둘러 가니
복 듬뿍 쌓은 집집마다 틀림없이 경사 올까
안동김가 풍양조가 권력다툼 속에
백성 살림은 나날이 시궁창으로 빠지는데


봄 꽃 이어받은 여름 녹음이
가을 단풍과 겨울 흰 눈 맞을 준비하는 건

돌 다듬어 늙지 않는 문 만드는 것보다
훨씬 건강하게 오래 사는 당연한 이치인데

아둔한 눈에는 녹음만 들리고
미련한 귀에는 매미 울음만 보이고
귀찮은 맘에는 사심邪心만 그득한데

# 숭례문

설마가 화마火魔에게 틈을 내주었다
총체적 관리부실이 부른 인재人災였다
잘못 표출된 토지보상 불만이
국보1호가 앙상한 뼈만 남긴 채
봄이 오는 길목에 먹먹함을 잔뜩 뿌렸다

2008년 2월10일 일요일 밤 8시47분
설 연휴 마무리하고 새로운 마음으로
무자년 새해를 힘차게 시작하려고 준비할 때
육백 열 살인데도 웅장했던 숭례문은
미약하게 피어오른 하얀 연기와 함께 사라졌다

연기는 불길이 되고
불길은 더 짙은 연기가 되고
짙은 연기는 더욱 거센 화염으로 되고
화염은 화마가 되어 숭례문을 집어 삼켰다
소방차 32대 소방대원 128명의 사투도 소용없었다

연옥보다 뜨거운 불길에 데고
해무보다 짙은 연기에 숨 막히고
폭풍우보다 더 세찬 물줄기에 쓰러진
숭례문이여 대한민국 국보1호여
다시 살아났어도 부실 복원 논란에
아픈 그대여 지켜주지 못해 미안한 그대여

# 선유도

쥐 산이 없어졌으니
고양이도 쓸모 없어졌다는 것인지

신선이 놀 만큼 아름다웠던
봉우리도
일제의 폭력을 견뎌낼 수 없었던지

큰 물에도 끄떡없어
지주砥柱라 불리던 뫼도
편리를 내세운 개발의 칼날을
빗겨갈 수 없었던지

님아 그 내를 건너지 말라고
님이 그 내에서 죽으면 나는 어떻게 하냐고
울부짖었던 아픔은 폭력과 칼날에
선유도란 이름만 남기고 대답이 없었다

한가람이 아리수가 아니듯
삼각산 가로막는 고압선과
고층아파들이 겸손 모르는
인간의 오만처럼 우뚝한데

스물두 해 동안 정수장이었다가
포도와 속도에 지친 도인들을
푸근히 감싸 마스크로 거리 띄운
코로나를 잠시 떨쳐냈다

# 천상병 시인의 수락산

뫼는 시인의 달밭이다
캄캄한 시대에 맑게 뜬 달을 보며
아픔 달래는 말 쪼아 다듬는다

수락산은 천상병 시인의 마음 밭이다
장닭 길고 높게 홰 치는 새벽 다섯 시
초롱초롱 눈 밝혀 골물 찾아 나섰다
아침에 물은 차도 온몸을 적셨다
새벽은 차고 으스스하지만 오늘은 시작된다

사심私心 없이 내리는 물 받아
사심邪心 닦아 사심斜心 없이 흘려보냈다
성긴 그물코엔 걸리는 게 아무것도 없었다

막걸리 한 잔이면 됐다
더러운 세상 화딱지 내기도 민망한데
텁텁하게 가린 탁주로 장단 맞췄다

정월대보름달 실컷 맘에 담은
시인은 돋보기가 필요 없었다
그냥 보이는 대로 넉넉한 웃음으로 끝냈다

# 옛 러시아공사관

시간이 기억을 지웠다고 슬퍼하지 마라
바람이 차다고 얼레지가 피지 않더냐
개나리 진달래가 꽃샘추위를 탓하더냐


앙버티던 공간도 수상한 포탄에 사라지고
언덕 위 하얀 멋진 집은 탑만 휑하니 남아
그날을 안쓰럽게 증언해도 말이 통하지 않느니


사람을 인정머리 없다고 혀를 차지 마라
햇볕이 따갑다고 벼가 늘어져 퍼지더냐
단풍이 곱다고 고추가 붉지 않더냐


막걸리 마셔도 취하지 않는다고 투덜대는 건
1896년 2월 11일 해 뜰 때, 이곳에서 큰 역사
일어났다는 사실을 애써 깎아내리려고 하는 것


시간과 공간과 사람이 덧없다고 포기하지 마라
흰 눈이 펑펑 내린다고 씨앗이 움츠러들더냐
중생이 아우성친다고 하늘이 꿈쩍이나 하더냐

# 롯데호텔 앞에서

삶이 그대를 속일지라도
슬퍼하거나 노여워하지 말라
슬픔의 날 참고 견디면
기쁨의 날이 오리니

을지로입구역 롯데호텔 앞에 가면
뿌쉬낀의 멋진 동상이 눈길을 빼앗고
그의 시구가 발길을 잡는다

일제강점기와 군사독재 시절
한국인들이 현실의 아픔을 견디며
내일의 꿈을 새김질했던 그 시구,

그 구절을 읽으며 주위를 살폈다
바로 이곳이 일제의 대한착취 본거지였던
조선식산은행이 있었던 자리라는 사실을
알려주는 표지석이 있을 거라는 기대를 갖고,

없었다, 아무리 눈 씻고 왔다 갔다 해도
없었다, 그저께도 어제도 오늘도

없을 것이다, 내일도 모레도 글피도


어찌 할 것이냐, 이 잊힌 역사를
어찌 할 것이냐, 이 뒤틀린 현실을
어찌 할 것이냐, 이 아파야 할 미래를


뿌쉬낀이 문득 어깨를 토닥이며 말한다
사람들은 오래도록 내게 감사하리라
나 가혹한 시대에 자유를 노래했음에
나 타락한 자에 대한 동정을 호소했음에

# 창덕궁 흥복헌興福軒

흥복헌 문을 열어라
그날의 뻔뻔한 반역을 감추기 위해서인지
그날의 부끄러움이 드러나는 게 껄끄러워서인지
늘 꽉 닫혀 있는 흥복헌 문을 활짝 열어라

복이 일어나는 방이 되려면
문을 열어 속을 있는 그대로 보여줘야 하는 것,
똥을 흙으로 덮는다고 똥이 없어지지 않고
모르는 새에 썩어 악취는 더욱 심해지는 법,

대조전大造殿 지붕에 용마루가 없는 이유만 알고
1910년 8월22일 그날, 대한제국 마지막 어전회의에서
이완용 등 경술8적이 융희황제 윽박지르고 한일합방조약서를
강탈해 일제에 갖다 바친 일을 모른 체 해서는 안 될 일

흥복헌 문을 열어라
문을 열고 그날 있었던 일을 재현해 보여라
경운궁 중명전에 을사늑약 강탈 장면을 보여주는 것처럼
그날의 국치國恥를 있었던 그대로 생생하게 보여라

# 대한조국주권수호일념비

몰랐다는 건 비겁한 핑계다
길을 걸으며 조금만 더 살폈더라면
헛것에 팔려 정신 줄 놓지 않았더라면
이렇게 쉽게 보이는 것을 그동안
한 번도 찾지 안했다는 건 비겁한 핑계다

일제 탄압의 증거는
여기서 소리 높여 외치고 있었건만
달콤한 유혹에 귀먹고
보고 싶은 것만 보려는 편견에 눈멀어
사천삼백팔십오 명의 혼을 애써 외면했다

대학로 북쪽 끝자락의 혜화동 로터리
동성중고등학교 옆 양지바른 곳에
의젓하게 자리 잡은 대한조국주권수호일념비가
봄이 오는 길목에서 숨 가쁘게 물오르는 소리 들으며
쓸쓸하게 오가는 무심無心을 지켜보고 있다

지원이라는 허울을 씌워 내몬
배달겨레의 학도특별지원병들의 합숙 훈련장이었던 이곳
자유와 민주를 곧추 세우기 위해 함께 일어났던
4.19혁명의 횃불이 활활 타올랐던 이곳은
절대 잊을 수 없는 역사의 살아있는 배움터다

# 운수 좋은 날

올바른 마음을 지키며 사는 게
물 밖으로 나온 물고기처럼 헐떡이게 힘든 것은
시대가 잘못됐기 때문이라는 것을

창의문 밖 인왕산 오르는 길,
부암동 무계원武溪園 부근에
보일 듯 말 듯 어처구니없게 놓여 있는
현진건 집 터, 표지석이
시인의 아픔과 함께 알려주고 있다

광복을 보지 못하고 죽은 것보다
일제에 항거했던 처절한 삶이
친일의 떵떵거림 속에서
나날이 잊히는 게 더욱 고통이라는 것을

빈처 술 권하는 사회 운수 좋은 날
무영탑 흑치상지로 대한사람의 얼을
일깨우려다 불쑥불쑥 치미는 울화통에
마흔 셋에 요절했다는 것을

이육사 한용운 윤동주와 함께

죽을 때까지 일제에 항거했던 그가

손기정 선수의 가슴에 달린 일장기를 지웠던 그가

그토록 힘들게 살았다는 것을


부암(付岩)동 목인박물관 목석원 부근의

현진건 집 터라는 표지석이

시인의 외로웠던 삶처럼

잘못된 시대의 아픔을 전해주고 있다

# 도봉지구선열유족회사무소

봄비와 봄눈이 내렸다
골물 소리가 제법 불었다
수유리 삼각산 기슭이 꿈틀거렸다
그 기지개氣志開를 받으려 올랐다

조국의 독립을 위해 일제에 맞서 싸우다 전사한 광복
군 열일곱 분과 이시영 김병로 이명룡이준 유림 서상
일 김창숙 양일동 김도연 신숙선 조병옥 선생께서 잠
들어 계신 곳에서 왁자지껄 솟아나는 봄의 생명력을
듬뿍 받았다

신익희 신하균 부자의 묘 앞에
다 쓰러져 가는 집이
삼일절에 내린 비와 눈을 이기지 못하고
금세라도 무너져 내릴 듯 하소연하듯
아슬아슬하게 서 있다
앞과 옆 텃밭에는 항아리가 뒹굴고
고춧대와 푸성귀가 자연이 되어 있었다

道峰地區先烈遺族會事務所도봉지구선열유족회사무소

海公申翼熙先生墓所管理事務所<sup>해공신익희선생묘소관리사무소</sup>
라는 문패가 글씨도 알아보기 힘들게 걸려 있다
장난감 같은 자물쇠가 채워진 문고리엔
언제 꽂아놓았을까 고지서 한 장이 끼워있다

아 이런 것이었구나
조국의 독립을 위해 하나뿐인 목숨을 바친 대가가
이런 것이었구나
절 절 절 때마다 순국선열을 팔며 요란 떠는 뒷면의
불편한 진실은 이런 것이었구나

# 서울대병원 무명 자유전사비

서울대학교 병원 구내에
'이름 모를 자유 전사 비'라고 불리는
현충탑이 있는 사실을 아시나요

과대망상증 환자라고 부를
김일성이 동족의 가슴에 총을 쏘며 일으킨
6.25 남침전쟁이 일어난 지 사흘 뒤

서울대병원에서 치료받던 부상병과 일반 환자,
그들을 지키던 소대규모의 국군장병, 1000여명이
인민군들에게 무참히 죽임당해 암매장 당한 곳

서울대병원 장례식장 입구 바로 위
오른쪽 비탈에 그날 희생된 분들의 얼과 넋을
기리기 위해 1963년에 세워진 탑입니다

그때 이곳에서 억울한 죽음을 당한 사람들 가운데
육국본부 병참본부의 조용일 소령과 경비소대 지휘관인
남 소위만 전할 뿐, 몇 명인지 이름이 무엇인지조차
알려지지 않은 채 71년이 무심하게 흘렀습니다

미래는 역사를 정확히 알 때 제대로 펼쳐집니다
그날 이곳에서 동물만도 못하게 학살극을 펼친
놈들을 밝혀내 원혼冤魂들을 위로하는 것이
평화와 통일의 첫걸음입니다 현충탑을 언제까지
'이름 모를 자유 전사 비'로 남겨놓아야 하겠습니까

# 연희104고지

풀 한 포기, 나무 한 그루, 뫼 새 한 마리
허투루 보이지 않는다


1950년 9월21일부터 23일까지
소나기보다 억세게 쏟아지는 총탄 속에서
삶과 죽음이 엇갈렸던 연희동 104고지에선


한국해병 제1대대 204명 가운데
178명이 전사하고 26명만 남아
인민군 1750명의 주검을 넘어
9.28 서울수복의 교두보를 만들었다


하나 밖에 없는 목숨, 뜨겁게 바친
그분들의 넋이 잠들어 있는 104고지는


고희를 훌쩍 넘긴 해병 183기
천병용 씨가 그날을 기억하려 찾아올 뿐
뭇 사람들의 가슴에선 잊히고
전적비만 빽빽한 집들에 숨이 막힌 채
뙤약볕을 견디고 있다

# 김구의 최후

경교장! 京橋莊이 어디였던가
1949년 6월26일, 대한민국 역사 갈린 곳
바로 코앞인데 어찌 그리 무심했을까

그저 고개만 들었어도
그저 눈만 제대로 떴어도
저절로 알았을 것을

72년 그 오랜 세월 동안
눈 감고 귀 막고 입 닫았다
마음까지 빗장 굳게 걸었다
경희궁 서울역사박물관 옆 삼성강북병원 본관

경교장에서 뒤늦게 백범 뵌 날
마음 달래기 어려워 광장시장에 가서
빈대떡에 막걸리 벌컥벌컥 마시며 따졌다

어찌 그리 쉽게 돌아가시었소
무거운 발걸음 잘 떨어지더이까
그깟 조그만 권총 알 그렇게 쎄든가요

이제 그만이라는 마음 앞섰는지요

백범은 말이 없었고
고문당한 오장육부 달래며 효창공원으로 달렸다
묘소에서 또 한 번 투정을 하고
백범기념관에서 그날의 벌건 피 옷으로
얼굴을 훔쳤다

# 여의도의 광복군 비행기

그저 왠 비행기인가 했다
군사정부 때 5.16광장을 가득 메웠던
한물 간 유물이려니 했다

지레짐작은 치명적 잘못으로 이끄는
편견과 선입견의 노예란 걸
깨닫는 데는 많은 시간이 걸리지 않았다

데드라인에 쫓겨
분초 단위로 종종대는 삶 내려놓고
느긋함 즐기는 자유인이라면

여의도공원 한 가운데
콘크리트 마당 북쪽에 놓여 있는
비행기에서 새 맛을 맡으려는 호기심과
발길을 옮기는 마음가짐만 있다면

일제가 무조건 항복하고 사흘 지난 뒤인
1945년 8월18일 오후 2시18분,
C-47 수송기가 제2경성비행장에 착륙했다는 것,

광복군 이름으로 조국에 진입하라!
는 김구 주석의 명령을 받은 이범석 김준엽
노능서 장준하 함용준 정운수 서상복이 와서
무릎 꿇은 일본군 장교 두 명에게
항복 술 잔 받았다는 것,

당당히 일제에 선전포고한 광복군으로서
여의도에 왔다는 자랑스러운 역사
뜨겁게 되살아나는 것을 뜨겁게 알 수 있었다

# 압구정

개인과 사사로운 집단의 사익邪益을 위해
공권력을 휘두르고 싶은 욕망에 빠진 사람은
잠시 짬을 내서 응봉과 동호대교남단에 올라
압구정동 현대아파트를 바라보라

수양대군을 도운 쿠데타에서 1등 공신이 되어
성삼문 박팽년 남이를 죽인 피의 댓가로
한강과 중랑천이 만나는 두무개, 동호東湖의
가장 아름다운 산 정상에 압구정鴨鷗亭을 지었던 권력도
갈매기를 벗 삼아 여생을 마무리하겠다는 바람도
부관참시剖棺斬屍를 피하지 못했다는
사실을 곰곰이 새김질 해 보라

철종의 사위로 고종 때 갑신정변을 일으켰다가
일제강점기 때 친일행위로 민족을 배반하고
역사의 죄인이 된 박영효를 소환해 보라

콘크리트 도로와 아파트에 고작 오십여 년 전
아름다운 산수를 되살려 낼 수는 없어도
그날의 더러운 삶과 오염된 역사는
겸재의 도움을 받아 상상해 보라

# '서울특별詩'는 머리로 쓰지 않고 발로 주웠습니다

## 홍찬선

### 1. 서울은 양파다

서울은 서울이다. 서울은 한 나라의 중심인 수도다. 서울은 수도라는 의미를 뛰어넘는 무엇인가를 갖고 있다. 태조이성계가 조선의 수도를 개성에서 서울로 옮긴 지 617년, 정도定都 600년이 넘는 서울은 양파다.

안다고 가보면 전혀 새로운 것들이 쑥쑥 나왔다. 까면 깔수록 모르는 게 많아져 당황했다. 역사와 삶이 고스란히 녹아있는 결이 수없이 숨 쉬고 있었다. 결 따라 발걸음을 옮겨 껍질 벗기기에 나섰다.

한강과 내외사산內外四山을 품고 참으로 많은 일들을 겪으며 만들어온 껍질들. 나라 잃은 치욕과 기적 일군 뿌듯함과 아직도 나뉘어 살아야 하는 서러움들이 차곡차곡 쌓여 단단해진 껍질들. 그 껍질들을 벗겨 행복을 찾아내는 것은 참으로 쉽지 않은 일이었다. 드러나기 꺼리는 껍질도 적지 않았다.

시간은 짧고 힘은 부치고 능력은 더뎠다. 그래도 용기를 내어 한 발 한 발 내디뎠다. 까고, 까고 까다 못 까면 깐만큼은 보람이 있을 것이라는 믿음은 헛되지 않았다. 한 달 두 달, 시간이 흐를수록 껍질이 하나하나 벗겨지고, 보이고 들리는 게 하나하나 늘었다. 벽에 막히고 앞이 보이지 않을 때면 막걸리 한 잔으로 힘을 얻었다. 길 위에 삶이 펼쳐지고 길 위에 역사가 있음을 새삼 깨달았다.

민윤기 서울시인협회 회장께서 그런 깨달음의 기회를 주셨다. 『월간시』에 2020년 8월호(통권 79호)부터 〈서울특별詩〉를 연재하도록 허락해주셨다. 서울에 관련된 시를 매월 8~10편씩 쓰는 것은 쉽지 않은 일이었다. 하지만 다달이 시가 쌓여가면서 서울을 보다 넓고 깊게 알게 되었다. 『서울특별詩-서울사용설명서』는 그동안 연재한 시 가운데 100편을 선정했다. 계속 연대되는 시는 다음 시집으로 엮어낼 예정이다.

〈서울특별詩〉를 쓰면서 시는 발의 노래라는 사실을 알았다. 발로 뿌린 씨가 발에서 싹트고 마음에서 자라 손끝에서 영글었다. 발은 시를 사람의 말로 옮겨 적었다. 하늘과 땅과 사람이 여기저기 새겨 놓은 그대로의 모습으로 그려냈다. 그래서 발로 쓴 시詩를 '발시'라고 불렀다. 발시는 발로 주운 시요, 발로 번역한 자연의 소리요, 발로 뿌린 시다. 시가 어렵다고 하는 건, 시가 잘 써지지 않는다는 건, 시가 시인만이 쓰는 것이라고 우기는 건, 발시를 모르기 때문이다. 발시를 알려고도 하지 않는 엉터리 사이비似而非들이 많아서이다.

늦깎이로 시작한 시 쓰기에서 겨우 깨달은 게 바로 발시였다. 그래서 나섰다. 어슴푸레 느낌이 왔다. 그렇다. 발로 시를 주웠다. 시신詩神인 자연이 저절로 곳곳에 펼쳐 놓은 시를, 그때그때 다가오는 시를, 정성스럽게 가슴에 담았다.

    발품 팔아야 보고
    몸품 팔아야 맛본다

    시는 머리로 생각하는 것도
    시는 손으로 쓰는 것도
    아니다
    시는 발로 줍는 것,
    〈서시−발시, 제1~2연〉

시가 고플 때마다 불쑥 떠났다. 어떨 땐 갈 곳을 정하고, 다른 땐 아무것도 없이 발길 닿는 대로…. 꽃피는 봄에는 설레는 마음으로, 장마와 무더위가 기승을 부릴 때는 이열치열以熱治熱의 다짐으로, 울긋불긋 단풍비가 내리는 가을에는 넓고 깊은 혜윰으로, 함박눈 펑펑 내릴 땐 푸근한 엄마 품을 그리워하며, 서울의 이곳저곳을 돌아다니며 시를 주웠다. 그럴 때마다 민들레와 소나기와 낙엽과 하얀 눈이 벗이 되어주었다.

그런 벗들이 함께 해주어 코로나로 도둑맞은 삶과 시간을 되찾을 수 있었다. 코로나가 두려워 집안에만 있다가 우울증에 시달리는 아픔을 이겨낼 수 있었다. 곳곳에 뿌려져 있는 시를 주우면서 코로나를 이겨낼 힘을 얻을 수 있었다.

코로나가 아무리 기승을 부려도 해와 달은 뜨고 진다. 코로나가 아무리 몽니를 부려도 봄은 어김없이 찾아오고, 가을 들녘은 황금 물결로 넘실거린다. 아무리 매서운 겨울도, 아무리 악랄한 철권통치도, 아무리 교활한 후안무치厚顔無恥 정치도 때를 알아 저절로 찾아오는 봄을 이겨낼 수 없다.

## 2. 서울은 기쁨이다

서울 양파 까기는 서울시청 앞 광장에서 시작한다. 도시생활에
지친 도인都人들을 따듯하게 보듬어주는 파란 잔디가 맞이해 주는
곳이다. 대청마루에서 바라본 보름달을 형상화한 잔디광장을 느긋
하게 걸으며, 삶과 문화를 숨 쉬고 역사와 미래를 맛본다. 1987년
6.10항쟁의 외침과 2002년 월드컵의 함성을 듣는다.

지하철 6호선 월드컵경기장 역 1번 출구를 나오면 평화공원을 거
쳐 하늘공원으로 간다. 계단 291개를 오르는 게 제법 숨이 가파르
다. 그래도 쉬엄쉬엄 황소걸음으로 걸으면 금세 정상이다. 월드컵
경기장이 내려다보이고, 저 멀리엔 목멱산木覓山(남산은 보통명사이
므로 고유명사인 목멱산으로 불러야 마땅하다)과 삼각산三角山이 한
눈에 들어온다. 발을 남쪽으로 돌리면 한가람이 파랗게 다가오고,
관악산과 인천앞바다까지 시원하게 맛볼 수 있다. 쓰레기로 샛강을
막고 난지도는 하늘 닿을 서울전망대가 되는 기적이 일어났다.

하늘공원이 가을공원이라면 어린이대공원은 봄 공원이다. 벚꽃
이 흐드러지게 피었다가 꽃 비 되어 내리는 모습이 한 폭의 풍경화
다. 그 아래를 뛰노는 어린이들의 환한 웃음에 저절로 빙그레가 전
염된다.

맘껏 뛰고 냅다 공도 차고
방글방글 비눗방울 총을 쏜다
참새는 짹짹 덩달아 즐겁고
까치는 짝짝 추임새로 합창한다
코로나도 슬금슬금 옆으로 비켜서고

〈어린이대공원, 2연〉

어린이대공원은 스토리가 있는 곳이다. 순종이 황태자시절, 1904
년에 서거한 순명純明 세자빈 묘인 유강원裕康園을 조성했다. 유강원
은 순종이 승하한 1926년, 남양주시에 있는 유릉으로 옮겨 합장됐
다. 왕실의 땅인 이곳은 그 뒤 방치됐다가, 고종의 아들 영친왕이
1929년6월 경성골프구락부를 만들었다. 해방 후 서울컨트리구락부
로 운영되다, 박정희 대통령 때인 1973년 5월5일 문을 열었다. 세계
에서 처음으로 어린이날을 만든 소파 방정환도 꿈꾸지 못한 어린이
를 위한 공원이다.

서울 숲은 여름공원이다. 성동구 성수동 1가 685번지 일대에 인
공적으로 조성한 숲은 무더운 한여름 더위를 식히는 그늘을 마련
해준다. 이곳은 조선시대에 왕의 사냥터였다. 대장군 깃발인 독기纛
旗를 세워둔 곳이라서 독섬→뚝섬이라 불렸다. 유원지와 경마장이
들어섰다가 2005년6월 숲으로 조성됐다. 면적은 약35만평. 마포구
월드컵공원(100만평)과 송파구 올림픽공원(50만평)에 이어 서울에
서 세 번째로 큰 공원이다. 서울 숲 부근에 재래시장인 뚝도시장(성
동구 성수동2가 335-64)이 있다.

청계천은 봄 여름 가을 겨울 가리지 않고 시민들에게 휴식처를
제공하는 전천후 공원이다. 종로구 청운동 일대(청와대 서북쪽 백
악산 남쪽 기슭) 골짜기를 가리키는 청풍계淸風溪에서 물줄기가 시작
되어 그런 이름을 얻었다. 일제강점기 때와 1960년대에 복개됐다가
2005년 10월1일에 현재 모습으로 복원됐다. 도심 한가운데를 가로
지르는 시원한 물줄기로 한여름 열기를 낮춰주는 자연 선풍기 역할
을 하고 있다.

서울 구석구석에는 아는 사람만 즐길 수 있는 멋진 공간이 수두

룩하다. 여의도공원 남쪽에 만들어진 자그마한 생태연못이 그런 곳이다. 가을이 무르익는 시월, 시원한 밤에는 사람도 거의 없어 가을과 데이트하기 딱 좋다. 필자는 이곳을 '비밀의 정원'이란 이름을 붙였다.

번잡에서 살짝만 벗어나면
집착에서 조금만 자유로우면
금세 가을이 겨울과 밀회하는
비밀정원에 살포시 들어선다

모래 벌에 쌀쌀한 북풍한설
몰아치던 때 마포종점에서
마음 졸이며 이마에 손 얹고
시린 발 종종거리던 곳
〈비밀의 정원, 제1~2연〉

잠수교도 그만의 멋이 있다. 용산구 서빙고동과 서초구 반포동을 잇는 길이 795m, 너비 18m의 다리인 잠수교는 홍수 때 다리가 물에 잠기도록 설계돼 1976년에 건설됐다. 교통량이 많아지면서 1982년 6월25일, 잠수교 위에 반포대교가 개통됐고, 2008년부터는 잠수교 4개 차선 중 2개 차선이 보행로와 자전거도로로 바뀌었다. 여름엔 더위를 날려보는 시원한 강바람이, 겨울엔 실연의 아픔을 달래줄 세찬 북풍을 맞을 만 하다.

지하철 명동역에서 목멱산 북쪽 자락을 향해 오르다가 만나는 회현시범아파트에선 역사를 진하게 느낄 수 있다. 1970년 5월28일, 중구 회현동 1가 147-23에 세워진 이 아파트는 50일 전인 그해 4

월8일, 마포구 창천동의 와우아파트가 붕괴된 영향을 받았다. 건물을 튼튼하게 지었다며 이름도 시범아파트라 지었다. 언뜻 3개동처럼 보이나 ㄷ자형으로 된 1개 동이다. 10층 아파트인데도 엘리베이터가 없다. 오르내리기 힘들 것처럼 보이지만, 6층에 구름다리를 설치해 고층 주민들이 쉽게 출입할 수 있도록 설계했다. 나이가 쉰 두 살이나 돼 안전을 위해 철거할 예정이었으나, 리모델링을 해서 청년 사업가와 예술가를 위한 주택으로 쓰일 예정이라고 한다.

지하철 2호선 삼성역에서 무역센터 쪽으로 나오면 '1조 달러 탑'을 만난다. 한국의 수출과 수입을 합한 교역규모가 1조 달러를 넘어선 2011년 12월5일을 기념하기 위해 무역센터와 삼성역 사이의 광장에 세워졌다. 이 탑을 보면 원유와 희토류 같은 지하자원이 나지 않는 한국이 일제강점과 6.25전쟁의 폐허 속에서 가난과 독재를 이겨내고 자유민주주의 경제대국으로 우뚝 선 것에 뿌듯한 자부심을 느낄 수 있다.

서울의 기쁨은 〈판사는 서울에 있다〉는 사실에서도 맛볼 수 있다. 서초구 법조타운에 있는 서울중앙지법 형사합의25-2부는 〈자녀 학사비리 혐의〉로 기소된 정경심 전 동양대 교수에 대해 징역4년과 벌금 5억원을 선고했다. 양재동에 있는 서울행정법원 행정4부와 행정12부는 윤석열 검찰총장(당시)에 대한 직무정지와 2개월 정직에 대한 집행정지가처분을 받아들였다. 서울에 있는 판사들이 권력에 흔들리지 않는 정의가 무엇인지를 보여준 사례였다.

평등한 기회 공정한 과정 정의로운 결과를
믿고 성실하게 노력한 사람들에게 허탈감과
실망감을 안긴 부정한 결과가 옳지 못했다는 것
글렀다는 것을 용기 있게 밝고 밝게 밝혔다

달면 어제 했던 나쁜 말도 꿀꺽 삼키고
쓰면 그제 쏟아놓았던 찬사도 부정하는
잘못과 그름을 법의 이름으로 바로 잡았다
〈판사는 서울에 있다, 제3~4연〉

## 3. 서울은 삶의 향기다

서울은 향긋한 삶의 향기를 내는 곳이기도 하다. 서울역에서 수제화로 유명한 염천교를 건너 약현성당을 지나면 중림시장이 나온다. 이곳에는 수산시장이 있던 곳이다. 그 옆에는 필자가 10년 동안 새내기 기자를 했던 한국경제신문이 있다. 수산시장이 노량진으로 옮겨갔지만, 1990년대까지만 해도 일부는 남아 있어 출근할 때는 생선비린내가 물씬 풍기던 곳이었다.

지금은 4층짜리 한국경제신문이 최신식 건물로 거듭났고, 부근 시장도 상당히 현대식으로 바뀌어 옛 모습을 찾기 힘들다. 그때 단골로 다녔던 장수식당과 해원각 등은 없어진지 오래됐다. 자주 다녔던 닭칼(닭고기 칼국수의 줄임말)식당 여 주인의 고운 얼굴에도 주름이 깊게 파였다. 세월의 덧없음을 진하게 느끼게 해주는 장면이라고나 할까…

시간은 왼쪽과 오른쪽이 다르게 흘렀다
생선 비릿 내는 세월 따라 사람처럼 멀어졌어도
그때 건물은 얼굴만 살짝 바꾼 채
그때 그대로라고 앙살하며 서 있다

시간이 흘러도 기억은 잠자고

공간이 바뀌어도 추억은 산다

살아있으면 언제 어디서든 다시

만나는 인연의 끈은 가늘고도 질기다

〈중림시장, 제1~2연〉

　낙원樂園상가와 세운상가에도 삶의 향기가 진하게 남아 있다. 종로구 삼일대로 428번지, 탑골공원 옆에 있는 낙원상가는 1969년에 완공된 1세대 주상복합건물이다. 당시 이곳에는 낙원재래시장이 있었는데, 남산1호터널을 뚫고 안국동과 한남동을 잇는 간선도로를 건설하기 위해 철거하려 했다. 시장 상인들은 반대했고, 도로는 건설해야 했기에 도로 위에 상가와 아파트를 지어 시장 상인들을 입주시키는 아이디어로 지어졌다. 요즘도 천정부지로 치솟는 강남아파트 값을 안정시키기 위해 낙원상가 모델을 활용하면 좋지 않을까….

　낙원상가보다 한 해 앞서 1968년에 세워진 세운世運상가는 한국 최초의 주상복합아파트로 화려하게 출발했다. 종로3가 종묘 앞에서부터 충무로 대한극장 건너편까지 약 1km에 걸쳐, 청계천과 을지로를 가로지른 건물을 짓고 건물 양옆으로 길을 내 사람과 차가 다닐 수 있도록 설계됐다. 하지만 실제 시공하다 보니 설계상의 문제점 등이 발견돼 불완전한 상태로 완공됐다. 지금은 건물이 낡아 개별적으로 재건축이 이뤄지고 있어 어수선하다. 세운상가 한 건물에서 'Since 1968'이란 간판을 내건 전파상을 발견했다. 벗과 술은 오래된 것이 좋다 하나, 가속도 붙는 비즈니스 세계에선 오래됐다는 것만으로는 성공하지 못하는데….

　대학로 마로니에공원에서도 먹먹함을 맛본다. 서울대학교 문리대 조형물이 있는 곳을 지나 동남쪽 출구로 가다보면 김상옥金相玉

(1889~1923) 의사 동상이 나온다. 김 의사는 1923년 1월12일 밤8시경, 종로경찰서(1호선 종각역 8번 출구 부근에 있었다)에 폭탄을 던져 왜놈들의 간담을 서늘하게 했다. 일제 경찰들의 삼엄한 경비망 속에서도 열흘 동안 잘 숨어 있다가, 1월22일 새벽5시경부터 효제동에서 3시간 가량 왜놈 경찰과 시가전을 벌였다. 중과부적인데다 총알이 다 떨어지자 마지막 한발로 자결했다.

김상옥 의사는 아프다
내가 왜 여기 이렇게 버티고 서 있는지
알려고도 하지 않고 땅만 보고 종종거리는
사람들이 잎사귀 모두 떨어내고 겨울 준비하는
나무들보다 더 아파 외로움에 흐느낀다
〈마로니에공원, 제4연〉

아픔의 맛은 서촌에서도 이어진다. 윤동주 문학관이 있는 시인의 언덕과 자하문터널 사이의 숲속 빈터가 바로 그곳이다. 청운동 1번지에서 10번지에 이르는 이 지역은 대한제국 때 법부대신을 지낸 동농東農 김가진金嘉鎭(1846~1922)이 살던 집, 백운장이 있었다. 그는 백운장 뒤 바위에 백운동천白雲洞天이라는 글자를 남겼다. 하지만 일제에 의해 대한제국 국권이 강탈당한 뒤 이 집을 빼앗겼고, 1920년에 상하이로 망명해 항일독립투쟁에 나섰다. 그의 아들 성엄 김의한金毅漢과 며느리 정정화는 이곳에서 결혼해서 함께 살다가, 상해로 망명해 임시정부에서 항일투쟁을 했다.

서촌에서 자하문터널 옆 비탈길을 올라 이곳으로 가다보면 오른쪽에 교회가 있다. 김가진은 상해에서 서거했고, 해방 뒤에 김의한 정정화 부부가 이곳을 되찾으려 했으나 이승만 정부는 차일피일 미

뤘고 박정희 정부는 공매에 부쳐, 교회가 낙찰 받았다. 지하철 3호
선 경복궁역 2번 출구에서 나와 세종마을 음식문화거리 입구 부근
에 세워져 있는 '김가진집터' 표지석은 청운동 집을 뺏긴 뒤 망명하
기 전까지 살던 집 부근이다.

을사늑약을 강탈당한 뒤 조선통감이 살던 관저 터에 만들어진,
위안부 희생자 할머니를 추모하는 공간인 〈기억의 터〉와 2009년에
시작된 '남산르네상스 사업'의 하나로 2021년 6월9일, 남산예장공
원에 개장된 이회영기념관(중구 예장동 4-1)도 아픔을 전하는 곳이
다.

동대문운동장이 있던 자리에 세워진 동대문디자인플라자, DDP
는 과거와 현재, 그리고 미래가 함께 숨 쉬는 특별한 공간이다. 한
양도성의 오간수문과 하도감이 있던 이곳은 일제강점기 때 경성운
동장(동대문운동장의 전신)을 짓느라 훼손됐다. 김구 주석의 영결
식장으로도 이용됐던 동대문운동장은 시설이 노후 돼 안전성 문제
가 제기돼, 새로운 공간으로 꾸미기로 결정됐다.

이라크 태생의 영국 건축가인 자하 하디드$^{Zaha Hadid}$(1950~2016)
의 설계로 2009년에 착공돼 2014년3월에 개관했다. 디자인을 포함
한 건축비가 5000억원 가량 들어 시민의 혈세를 낭비하고, 역사유
물을 훼손한다는 비판을 받았다. 하지만 뉴욕타임즈가 '2015년 꼭
가봐야 할 명소 52'로 선정하는 등 서울의 랜드마크(대표적 상징물)
로 자리 잡고 있다.

명물은 거저 만들어지지 않는다
역사에 길이길이 남을 명물은
수많은 비평의 숲을 뚫고 나와
와글와글 말잔치 속에서 가까스로,

상처투성이로 탄생한다

DDP는 삼층석탑이다
돈과 욕심과 대가<sup>大家</sup> 지향이
과거와 현재와 미래를 엮어
색과 층과 사람이 대화하며
아기자기한 삶을 만들어가는 삼층석탑,

사람이 역사를 만들고
역사가 사람을 부수고
사람이 역사를 다시 만드는
도돌이표가 되어
정치라는 괴물을 멋지게 변주했다
〈동대문 디자인 플라자, 제 1~3연〉

## 4. 그날 이곳에선 이런 일이…

사람은 시간 앞에 무력하다. 의학의 발달과 경제성장으로 평균 수명이 늘어났지만 유구한 자연에 비해선 유한하기만 하다. 공간 앞에서도 초라하다. 단층이던 초가집과 기와집을 잃고 키 크기 경쟁을 벌이고 있는 철골콘크리트 아파트에서 고향을 잃어버린 지 오래다. 떠나온 고행도 다시 돌아갈 꿈을 꿀 수 없을 정도로 바뀌었다. 서울에 사는 우리는 모두 무향민無鄕民일 것이다.

집은 사라지고 방만 늘어난다
문패를 잃었다 유민과 부민浮民과 방민房民이 넘친다
주민은 줄고 주민酒民으로 고민苦民이 된다

고향이 없으니 어디든 모두 고향일까
도로표지판만 없으면 똑같은 모습에 길 잃는다
서울인은 홍수에 떠다니는 탈향민이다
〈무향민, 제 5~6연〉

고향을 잃고 고향이 없는 탈향민, 무향민이지만 갈 곳이 없는 것
은 아니다. 찾아가면 가슴이 뭉클하고 방황하는 정신을 가다듬을
수 있는 장소가 적지 않다. 정 붙일 수 있는 제2의 고향이 많은 사
람은 부자라고나 할까.

심우장尋牛莊이 바로 그런 곳이다. 항일민족시인의 대표격인 만해
한용운(1879~1944)이 1933년에 지어 살다가 1944년에 입적한 곳
이다. 심우는 '자기의 본성인 소를 찾는다'는 뜻으로 선종禪宗의 열
가지 수행 과정 중 하나다. 만해는 이곳에 살면서 친일로 변절한 육
당 최남선과 최린을 꾸짖었다. 안동 내앞마을 출신으로 만주에서
독립운동하던 일송 김동삼(1878. 6. 23~1937. 4. 13) 선생이 일제에
붙잡혀 서대문형무소에서 옥사했을 때, 시신을 수습해 5일장을 지
내준 곳도 바로 이곳이다.

잊은 지 오래였다
일제 고문으로 옥사한 김동삼 5일장 치른 용기
살아있는 최남선 장사지내고 만나지 않은 기백
친일로 변절한 최린, 인간도 아니라 꾸짖은 얼
오롯이 살아있는 서울시 성북동 222-1 심우장
〈심우장, 제2연〉

명동의 은성주점도 추억에 젖게 하는 곳이다. 비록 지금은 명동

예술극장 옆에 보일 듯 말 듯 한 표지석만 남아 있지만, 해방부터 1960년대까지 시인과 소설가 및 예술가들이 자주 찾던 곳이었다. 〈목마와 숙녀〉로 유명한 박인환朴寅煥(1926~1956) 시인도 이곳에서 폭음해 요절하는 원인이 됐다. 평소에 술을 잘 마시지 못한 그는 죽기 3일 전에 "이상(1910. 8. 20~1937. 4. 17) 때문에 마신다"며 억병이 되게 마시고 3일 뒤에 교보문고 광화문점 부근의 집에 돌아가서 쓰러진 채 사망했다. 겨우 서른 한 살의 젊은이는 그렇게 갔다.

  가슴 떨림 견디지 못한 박인환은
  못 마시는 술 3박4일 들이붓고
  이상 잊지 못해 추모하다 급히 가고
  비겁하게 눈치 보던 김수영은 살아
  그토록 아껴주던 박인환 짓밟아 우뚝 섯다

  죽은 박인환은 말이 없고
  산 김수영은 권력이 되었다
  〈은성주점, 제5~6연〉

4.19혁명과 관련된 장소도 기억에 남긴다. 광장시장 서쪽 건너편인 종로구 예지동 189번지에 있었던 천일백화점 앞 네거리. 4.19가 일어나기 하루 전인 1960년 4월18일, 세종로 국회의사당(현 서울시의회)에서 3.15부정선거에 대한 규탄시위를 마친 고려대학교 학생들이 이곳에 도착했한 저녁 7시20분경, 반공청년단 동대문특별단부 소속 깡패들이 습격해 200여명이 부상당했다.

이튿날 서울시민과 초중고대학생들로 이루어진 시위대가 고려대생 습격에 대한 책임자 처벌과 3.15부정선거를 규탄하기 위해 광화문 앞을 지나 효자로로 진입해 경무대(현 청와대)로 향했다. 불어난 시위대에 위협을 느낀 경찰은 시위대를 향해 총을 쏘았고 시위대는 피를 흘리며 쓰러졌다. 그날 희생된 분들은 수유리에 있는 4.19국립묘지에 안장됐다. 이승만 대통령은 1주일 뒤인 4월26일 하야성명을 발표했다.

그래요, 1960년 4월19일 한낮이었습니다
그날 이 길은 3.15 부정선거와 마산의 김주일 고등학생과
바로 전날 깡패들의 천일백화점 앞 고대생 폭행사건 등을
규탄하는 초중고대학생들과 시민들이 물밀 듯이 모여들었고
권력 뺏길 것이 두려운 비겁자들은 적을 막으라고 준 총을
비무장 시민들을 향해 쏘았습니다, 제 명을 재촉했습니다
〈효자로, 제4연〉

## 5. 서울은 아픈 스승

발걸음 닿는 곳마다 서울은 스승이다. 지난날에 있었던 일과 지금 일어나는 것들을 있는 그대로 보여줌으로써 과거의 잘못을 되풀이하지 말라는 말없음표 가르침을 주고 있다. 그런 교훈을 알아채는 사람들은 비슷한 과오를 저지르지 않고 미래로 나아가는 반면, 보고서도 모른 체 외면하는 철면피들은 나쁜 선례를 남기고 역사에서 사라진다. 광화문광장이 대표적이다.

그것은 광장이 아니었다
이리 가도 막히고 저리 가도 불통,
해마다 붉은 옷 입고 가슴 깨우치던

종소리마저 흔적도 없이 사라졌다

을씨년
그 한마디가 딱 맞았다
내가 알던 광화문광장은
코로나19를 핑계 삼은 폭력에
앙살조차 못하고 숨죽였다
〈광화문광장, 제1~2연〉

지하철 5호선 공덕역 1번 출구 부근에 있는 '신민당사 터' 표지석도 스승이다. 1979년 8월9일부터 11일까지 YH무역에 다니던 여성 노동자 187명이 회사의 불법해고와 부당한 처우 및 일방적인 폐업 등에 항의하며 신민당사에 들어와 농성을 벌였다. "배고파 못 살겠다 먹을 것 달라며/ 마지막 희망을 부르짖던 김경숙은/ 짧은 인생 한 많은 삶 마감당했다"(옛 신민당사 터, 제4연). 국민의 소리를 외면한 채 유신정권 연장에만 혈안이 됐던 박정희 정권은 김영삼 신민당수를 제명시켰고, 이는 부마항쟁을 유발시키고, 결국 10.26으로 이어졌다.

효창공원에 있는 안중근 장군 초혼묘招魂墓(유해 없이 만들어 놓은 가묘)와 목멱산 서쪽 자락, 일제강점기 때 조선신궁이 있던 곳에 있는 안중근기념관도 우리의 스승이다. 대한제국 침략의 원흉인 이등박문伊藤博文을 1909년 10월26일 하얼빈역에서 처단하고, 이듬해인 1910년 3월26일 여순旅順감옥에서 순국한 안 장군의 시신은 아직도 찾지 못하고 있다. "나 죽거든 여순감옥 근처 공동묘지에 묻었다가 조국이 독립되는 날 조국산하에 묻어 달라"던 유언이 우리를 채찍질하고 있다.

우리의 스승은 수없이 많다. 1910년 8월22일 마지막 어전회의가 열려 국권을 강탈당했던 창덕궁 흥복헌, 윤동주 한용운 이육사 등과 함께 죽을 때까지 친일을 거부하고 민족의 양심을 지켰던 소설가 현진건의 부암동 집터, 6.25전쟁 때 서울수복의 교두보를 확보했던 서대문구 연희104고지, 권력의 무상함을 일깨워주는 한명회韓明澮(1415~1487)의 압구정鴨鷗亭터, 일제가 항복한 직후 광복군이 비행기 타고 여의도에 왔었다는 잊힌 역사를 되살려 주는 여의도과장 'C-47비행기 전시관' 등….

어느 것 하나 소중하지 않다. 하지만 특히 잊어서는 안 될 스승이 양화진 외국인 묘역이다. 1890년 7월28, 왕립병원인 제중원 원장을 지낸 미국 장로교 의료선교사였던 존 헤론이 서거한 뒤 다음날, 마포구 합정동 144에 만들어진 외국인묘역에는 415명의 외국인이 안장돼 있다. 상당수의 한국인마저 친일로 돌아섰을 때, 외국인이면서도 대한제국 독립을 위해 목숨 바쳐 싸운 그들. 그들은 지식인의 양심이 무엇이고, 양심 있는 지식인이라면 어떻게 행동해야 하는지를 온몸으로 보여준 진정한 스승들이었다.

양화진 외국인묘역은 참된 배움터입니다

옳은 것 참된 것 사람과 나라가 지켜야 할 도리를
조국의 미움을 받으면서까지 온몸과 온맘으로 지키다
웨스터민스터보다 한국 땅에 묻히겠다고 한
광무황제의 특사 호머 헐버트 박사가,

이역만리 낯선 땅에서 침략자 일제에 맞서
대한독립을 위해 서른일곱의 짧고 굵은 삶을,

나는 죽을지라도 신보는 영원히 한국민족 구하라고
외친 어니스트 베델 대한매일신보 사장이,

사철 뚜렷한 자연과 순박하고 인정 많은 사람들을 사랑해
법과 도덕을 내팽개치고 총칼을 앞세운 일제를 너무 싫어해
서울과 인천 사이에 전신선을 깔아 김창수의 사형을 지연시키고
이름까지 미륜사彌崙斯로 바꾼 헨리 예센 뮐렌스테트가,

박에스터를 첫 여성의사로 키워준 로제타 홀 여사 가족이,
헤론, 언더우드, 아펜젤러, 스크랜턴, 베어드 등이 잠들어
병인박해 때 수천 명의 머리가 잘린 절두산切頭山에 자리한
양화진 외국인 묘역은 죽어서 영원히 사는 사람들이
살다 간 올바른 길을 배우는 참된 배움터입니다
〈양화진 외국인묘역, 전문〉

seestarbooks 019

홍찬선 제10시집

# 서울특별詩
-서울 사용설명서


제1쇄 인쇄  2021. 11. 10
제1쇄 발행  2021. 11. 15

지은이  홍찬선
펴낸이  김상철
펴낸곳  스타북스

등록번호 제300-2006-00104호
주소  서울시 종로구 종로 19 르메이에르종로타운 B동 920호
전화  02-735-1312  팩스  02-735-5501
이메일  starbooks22@naver.com

ISBN 979-11-5795-616-6  03810